Ein Reigen geistreicher Frauen

Ein Buch zum Staunen in der

Edition BoD
hrsg. von Vito von Eichborn

Antje
Eske

Ein Reigen geistreicher Frauen

Galanterie und Kultiviertheit, Literatur und
Moral, Weltläufigkeit und die Freiheit des
Wortes – 300 Jahre Salonkultur.

Edition BD

Antje Eske, Jahrgang 1943. Bis 2007 Professorin an der Hochschule für bildende Künste Hamburg. Entwickelt seit den 1970er Jahren, zusammen mit Kurd Alsleben, die Konversationskunst vis-à-vis und www (ab 1984 mit dem Mac, per LAN und im Internet). Ausstellung und Konversatorium 2006/2007 Kunsthalle Bremen und 2010/2011 Zentrum für Kunst und Medientechnologie Karlsruhe, ZKM.

Vito von Eichborn war Journalist, dann Lektor im S. Fischer Verlag, bevor er 1980 den Eichborn Verlag gründete, dessen Programm noch heute ein breites Spektrum umfasst: Humor, Kochbücher und Ratgeber, Sachbücher aller Art, klassische und moderne Literatur sowie die Andere Bibliothek. Nach seinem Ausstieg im Jahre 1995 war er u.a. Geschäftsführer bei Rotbuch / Europäische Verlagsanstalt und sechs Jahre Verleger des Europa-Verlags. Seit 2005 ist Vito von Eichborn selbständig als Publizist tätig und fungiert u.a. seit März 2006 als Herausgeber der Edition BoD. Weitere Informationen unter www.vitolibri.de.

Meine Buchhändlerin sagte mir,
»ja«, sagte sie ...

Ja, ein Buch über die von Damen geführten Salons könnte durchaus erfolgreich sein. Aber erst mal: Was hatten die für eine Rolle, was trieben die überhaupt?"

„Manche waren Lebedamen, manche Geistesgrößen, die gesellschaftliche Entwicklungen beeinflussten. Sie waren als Kulturbotschafterinnen. Gastgeberinnen wunderbarer Abende, bei denen, jenseits von Konvention, Religion, Stand und Geschlecht, diskutiert und parliert wurde. Da ging es um Literatur und Moral, es gab Lesungen, offene Diskurse und konversationelle Spiele. Es kamen die bedeutendsten Intellektuellen und Künstler, auch Fürsten und politisch Mächtige ihrer Zeit. Es ging auch um Kindererziehung, um selbstbestimmtes Leben der Frauen und ..." Ohne die 300 Jahre Salonkultur mit der Pflege des zwischenmenschlichen Austauschs und ihrer europaweiten Vernetzung sähe die elektronische Entwicklung anders aus.

„Und welche Salondamen werden denn nun hier vorgestellt?", unterbrach mich meine ungeduldige Buchhändlerin, wie sie es immer macht.

„Es beginnt mit Elisabetta Gonzaga Anfang des 16. Jahrhunderts in Italien. Ihr Musenhof in Urbino wurde grundlegend für die 200jährige französische Salonkultur.

100 Jahre später schuf Catherine de Rambouillet die Verbindung zwischen den italienischen Musenhöfen der Renaissance und den aufkommenden französischen Salons. Antje Eske schreibt: ‚Ihr Verdienst war es, die nach 35 Jahren Religionskriegen verrohten Männer durch das Lebensideal der Galanterie wieder salonfähig zu machen.' Ihr ‚Hotel de Rambouillet' hielt über vier Jahrzehnte und wurde stilbildend für Jahrhunderte.

Es folgt Madeleine de Scudéry, die bei der Rambouillet verkehrte, später ihren eigenen Salon eröffnete. Im Mittelpunkt stand die Préciosité, die überhöhte Kultiviertheit, Anstand und Bildung, vor allem für Frauen.

Im Salon von Anne Marie de Montpensier ging es um die ‚Anatomie des Herzens‘, Literatur, Moral und Theater.

Als Liebhaberin ständig wechselnder Männer wurde Ninon de Lenclos berühmt. Sie war alterslos, wählerisch, unabhängig, wild; ihr Gelber Salon war viele Jahre Schule der Lebenskunst. Kein ausländischer Monarch auf Paris-Besuch versäumte es, bei ihr vorbeizuschauen.

Anne-Louise du Maine wird als energisch, keck und unbezähmbar beschrieben. Berühmt wurde ihre poetische Lotterie, bei der die Gäste einen Buchstaben als Los zogen. A bedeutete z.B. Arie oder Apotheose, O Ode oder Oper und S ein Sonett. Beim nächsten Zusammentreffen hatte das Werk fertig zu sein.

Der Ruf von Anne Thérèse de Lambert erstreckte sich über ganz Europa.

Auch Claudine Alexandrine de Tencin, die als geistreich und intrigant galt, wurde berühmt für ihre Weltläufigkeit und die Freiheit des Geistes.

Die Marquise du Deffand, eine Frau mit überscharfer Intelligenz und Ironie, schuf einen der begehrtesten Salons des 18. Jahrhunderts.

Marie-Thérèse Geoffrin versammelte eine Elite von Künstlern, Philosophen und Literaten um sich und war eine großzügige Mäzenatin. Sie vertrat schon die Moderne, verband die bürgerliche Moral der Konversation mit dem Stilideal der Simplizität. Für die russische Kaiserin Katharina II. war sie so etwas wie eine kulturelle Informantin. Auch viele europäische Herrscher zeigten sich gern bei ihr.

Emilie du Châtelet verliebte sich mit 27 Jahren in den 40jährigen Voltaire. Cirey in Lothringen wurde hauptsächlich durch sie zum französischen Zentrum newtonscher Wissenschaft. Es waren intime Runden von einer Handvoll Personen, die sich hier trafen und neben Emilies geistigen Talenten auch ihre Schauspielkünste bewunderten. Voltaires Liebe wandelte sich in Freundschaft.

Louise d'Epinay kam mit dem Kreis der Enzyklopädisten zusammen, versammelte kleine Gesprächsrunden um sich und erweiterte ihr Wissen in endlosen Gesprächen.

Der Salon von Julie des Lespinasse schließlich wurde dafür berühmt, dass man hier ‚ins Unreine' sprechen konnte. Ihr Salon ging als ‚Laboratorium der Enzyklopädisten' in die Geschichte ein."

Nun war ich außer Atem. In allen Vorworten der Edition führe ich einen Dialog mit meiner Buchhändlerin, hier beschränke ich mich auf die Inhaltsangabe. Weil ich überzeugt bin, dass diese bedeutenden und geistreichen Frauen ohnehin neugierig machen, aus diesem rundherum klugen Buch mehr über sie zu erfahren.

Ich habe immer wieder gestaunt bei der Lektüre,
das wünsche ich auch anderen.

Bon appétit

Vito von Eichborn

Inhaltsverzeichnis

Antje Eske

I. Vorwort

V on 1976 bis 2007 veranstaltete ich eine Seminarreihe an der Hochschule für bildende Künste Hamburg zur Konversationskunst (vis-à-vis, ab 1984 mittels Computer und LAN [Local Area Network] und ab 1992 auch im Internet). 15 Jahre, seit 1993, setzte ich mich zusammen mit den Studierenden auch über die Geschichte der Salonkultur, das Leben der Salonièren und ihren gesamtsensorisch angelegten Umgang – der Gespräche, Konversationsspiele, internes Theaterspielen, Dinieren, Flanieren, Musizieren, Lesungen u. a. einbezog – auseinander. Eine Vorgehensweise dabei war, dass wir die überlieferten Konversationsspiele ins Internet und vis-à-vis übertragen und weitergespielt haben.

In den Massenmedien findet ein quasi flächendeckender Austausch statt. Dieses soziale Bedürfnis vollzieht sich bislang auf niedriger Problemhöhe, es existiert für den Umgang im Internet noch keine Kultur. Das Kultivieren kann nur aus Erfahrungen schöpfen. Erfahrungen, die sich beispielsweise durch die Konversation in den Salons angesammelt haben und die hilfreich sind, um die Bedürfnisse nach geistreichem, erhellendem, witzigem Austausch nicht dem Smalltalk zu überlassen. Hier setzt vorliegendes Buch an.

Zwei grundlegende Bereiche der Netzkunst entwickelten sich schon im Verlauf von 300 Jahren Salonkultur:
1. der interaktive, vernetzte Austausch
2. eine veränderte Kunstauffassung, die Kunst nicht nur auf die Erschaffung von Werken Einzelner reduziert, sondern sie „auf unterschiedliche Weise mit sozialen Praktiken verzahnt"[1]

Zu 1:

Konversation, freundschaftlicher Umgang, künstlerischer Austausch, konversationelle Spiele und das Gespräch über literarische, philosophische oder politische Themen erfüllten den Salon und verbanden die Beteiligten, die durch Zusammentragen der immer neuesten natur- und geisteswissenschaftlichen Erkenntnisse und geografischen Entdeckungen ein intellektuelles Updaten des Zirkels ermöglichten, verbunden mit der Bemühung, die Gesamtheit ihrer Lebensformen zu kultivieren. Die Zirkel der einzelnen Salons waren teilweise identisch und vernetzten sich untereinander. Im Laufe von zwei Jahrhunderten entstand so, von Frankreich in andere Länder ausgehend, ein internetähnliches, kulturelles Netz.

Zu 2:

In den Salons von Renaissance bis Rokoko liegt der Beginn einer veränderten Kunstauffassung, die den kulturverändernden, künstlerischen Prozess im Hin und Her eines Gruppenzusammenhanges anerkennt. Hier herrschte eine Kunstauffassung, die neben der Erschaffung von Werken Einzelner auch die Veränderung von Kultur und Sozialität im Gruppenzusammenhang förderte. „In der Runde der vielen (salons) eben und nicht in der Einsamkeit des Schreibtischs (cabinet) gediehen die subtile Antwort oder die originelle Pointe, [nicht ohne gestaltende Choreografie]. Gesellige Gesprächsspiele lenkten das Ritual der Unterhaltung wie das Ballett das der Bewegung."[2]

Im Frühjahr 1999 fuhr ich mit Kurd Alsleben von Florenz aus kommend das erste Mal nach Urbino. Unser Weg führte uns zum Palazzo Ducale in die Sala delle Veglie, den Ort, der von Baldassare Castiglione als Treffpunkt von Elisabetta Gonzagas konversationellen Zusammenkünften zwischen 1503 und 1508 in seinem Buch „Il libro del Cortegiano" (Der Hofmann)[3] beschrieben wird. Naturphänomene wie ein Schneesturm im April und ein terremoto (Erdbeben), das uns im Lokal „*Il cortegiano*" gegenüber dem Palazzo überraschte, hielten uns nicht davon ab, im Juni wiederzukommen. Zusammen mit Angela Mrositzki in Italien, Matthias Meyer an der Universität Hamburg u.a. initiierten wir, von der Sala delle Veglie ausgehend einen internationalen Chat, bei dem wir uns von einem Spiel anregen ließen, das schon vor 500 Jahren hier gespielt wurde: *Jeder möge die Tugenden seines geliebten Wesens angeben und auch die Fehler, die ihm am wenigsten missfielen.* Wir waren mit Laptop und Modem angereist, nachdem wir vorher die Erlaubnis eingeholt und erkundet hatten, dass der Sendemast direkt vor dem Palazzo steht. „*Il chat di urbino*" verband so die Kunstgeschichte mit der Netzkunst, denn ähnlich dem heutigen Austausch im Internet weist die 200 Jahre währende französische Salonkultur des 17. und 18. Jahrhunderts, mit ihren grundlegenden Vorläufern in der Renaissance, die Suche nach neuen Formen menschlicher Kommunikation und Nähe auf.

Heute wie damals werden die eingefahrenen Strukturen des Common Sense durch den Austausch über „*Wie wäre es denn schön*" in Frage gestellt. Im konversationellen Zusammenhang fällt dem Spiel dabei eine besondere Rolle zu. Für ein ästhetisches, spielerisches Vorgehen gibt es in der Kunst- und Kulturgeschichte unterschiedliche Beispiele. „Laut der griechischen Mythologie erfanden die Götter das Spiel. […] Im Altertum nahmen die großen öffentlichen Kampfspiele die oberste Stelle ein, aber auch gesellige Spiele – vor allem bei den Griechen […] [hier sei nur die *ars sermonis* genannt] – hatten ihren Platz im Alltag."[4]
Im Musenhof von *Elisabetta Gonzaga* in Urbino/Italien wurden diverse konversationelle Spiele erdacht und erprobt, die das Menschenbild der Renaissance ermittelten und lebbar machten, wie bei Baldassare Castiglione nachzulesen ist. Diese, in

Italien aufgestellten, spielerischen Gesprächsregeln wurden stilbildend für das Europa des 17. Jahrhunderts, denn Castigliones „*Cortegiano*" wurde in den 30er Jahren des 16. Jahrhunderts ins Französische, Spanische und andere Sprachen übersetzt und hundert Jahre nach Elisabetta Gonzaga eröffnete *Catherine de Rambouillet* in ihrem Pariser Stadtschloss den ersten französischen Salon. Mit der Hilfe von konversationellen Spielen wurde dort versucht, den in 35 Jahren Religionskriegen verrohten Männern, höfliche und galante Umgangsformen näherzubringen. Weitere Salonièren wie *Madeleine de Scudéry, Anne Marie de Montpensier, Ninon de Lenclos, Anne-Louise du Maine, Anne Thérèse de Lambert, Claudine Alexandrine de Tencin, Marie-Anne du Deffand, Marie-Thérèse Geoffrin, Emilie du Châtelet, Louise d' Epinay und Julie de Lespinasse* folgten 200 Jahre lang mit wechselnden Facetten ihrem Beispiel, spielerische Umgangsformen und konversationelle Spiele in die Konversation einzubeziehen und damit den zwischenmenschlichen Austausch zu gestalten.

Über die Zeit veränderten sich so die Umgangsformen von anfangs *höflichen* und *galanten*, über sich immer mehr verfeinernde und künstlicher werdende, zu schließlich *préciösen* Formen des Miteinanderumgehens. Die sich ausbreitende Salonkultur, die ebenso gesamtsensorisch angelegt war wie die italienische höfische Gesprächskultur am Urbineser Hof, brachte Frankreich in den Rang der führenden Kulturnation. Im Laufe des 18. Jahrhunderts veränderte sich das *galante* und *préciöse* Lebensideal in den Salons zu Gunsten einer Auffassung vom *belle esprit,* die von aufklärerischem Gedankengut geprägt war. Zugleich beginnt schon der Übergang in eine neue geistesgeschichtliche Epoche. *Julie de Lespinasse*, die letzte der beschriebenen 13 Salonièren, war die erste, die zugleich eine *romantische* Heldin wurde. „Der intime Charakter ihres Salons und ihr einfühlsamer Stil wiesen de Lespinasse als Vertreterin der Empfindsamkeit aus."[5]

Diese Entwicklung setzt sich fort. Anfang der 20. Jahrhunderts pflegten auch die Dadaisten um Hugo Ball im „Cabaret Voltaire" in Zürich einen ästhetisch spielerischen Umgang und von den nachfolgenden Surrealisten sind uns eine ganze Reihe von Konversationsspielen übermittelt. Seit Marcel Duchamp und der Partizipationskunst der 1950er Jahre (z. B. Karl Gerstner) wurde auch das Dogma der Galerieästhetik, Künstler->Werk-> Publikum, wieder einmal durchbrochen. Mit der Installation des Internets Anfang der 1990er Jahre veränderte sich vorerst technisch die bis dahin eindimensionale monologische Situation, die den Sender auf Empfänger ausrichtet, wie es z. B. bei Radio, Zeitung und TV der Fall ist. Im Internet kann jeder Mensch Sender und Empfänger sein, kann konversationelle Netzwerke aufbauen oder sich in bestehende einwählen, wie es seit 2000 mit dem Aufkommen des Web 2.0 verstärkt geschieht (StudiVZ, Facebook, Twitter, um nur einige zu nennen).

Gut vorstellbar ist, dass ohne die 300 Jahre Salonkultur mit der Pflege des zwischenmenschlichen Austausches und ihrer europaweiten Vernetzung sowie ihrer veränderten und verändernden Kunstauffassung die Entwicklung anders aussähe.

Der Salon als ein Ort, an dem man ungezwungen miteinander umgehen kann, stellt eine zweckfreie, zwanglose Form dar. Die beteiligten Habitués erzeugen in regelmäßigem Umgang einen kreativen Bodensatz, der als gesellschaftlicher Humus die kulturelle Entwicklung fördert. Der Einfluss der untereinander vernetzten Salons reichte bis Polen, Russland, England, Schweden oder Preußen. In ihrer Lösungsbestrebung vom Hof bereiteten die Salons den Boden für die französische Revolution. Was anfangs die Bewegung beförderte, enthielt schon den Keim für die eigene Auflösung, denn mit dem französischen Hof verschwanden auch die Salons.

Die barocken französischen Salons lassen sich auf eine Reihe von Renaissancevorläufern, speziell auf die Hofgesellschaften Elisabetta Gonzagas, zurückführen. Ausgehend vom ersten Pariser Salon der Catherine de Rambouillet, 1610, liegt dieser Art Geselligkeit eine bestimmte Struktur zugrunde: Salons, als Gegenbewegung zur kulturellen Hofgeselligkeit, sind Orte der Entwicklung zwischenmenschlichen Umgangs. Anregung ist ein „Erotischer Bogen", der Salonière und männliche Geistesgröße verbindet und somit belebend auf das allgemeine, konversationelle Geschehen wirkt. Habitués finden sich regelmäßig und ohne besondere Aufforderung zu einem Jour fixe ein. Sie gehören verschiedenen Gesellschaftsschichten und Lebenskreisen an und schaffen Vertrautheit.

Anfang des 18. Jahrhunderts traf man sich Dienstags bei Mme. Tencin. Madeleine de Scudéry hatte ein Jahrhundert früher ihre Samstage, ihre „samedis". Wenn Salonièren verstarben, zogen die Habitués weiter zum nächsten Salon. Fontenelle, der schon nach dem Tod der Marquise de Lambert zu Mme. Tencin gewechselt hatte, sagte ungerührt bei deren Tod: „Gut, dann werde ich eben Dienstags bei Mme. Geoffrin speisen." Die hatte ihren Salon in derselben Straße, der Rue de St. Honoré. Zu Beginn der 1760er Jahre ging man zwischen 18 und 20 Uhr zu Julie de Lespinasse, wo ins Unreine gesprochen werden konnte. Es gab dort nur Zuckerwasser zu trinken. Dafür wurde in den späten Abendstunden im „Couvent de Saint Joseph" bei Mme. du Deffand soupiert.

In Paris haben K. Alsleben und ich anhand eines historischen Stadtplans, in dem die Standorte der Salons aufgezeigt waren, versucht die Wirkungsstätten der Salonièren zu erreichen. Wir waren nicht sehr erfolgreich. Lediglich das Gebäude des Klosters 'Couvent de Saint Joseph' in der Rue St. Dominique, in dessen Räume Marie-Anne du Deffand zu ihren Salon-Treffen einlud, konnten wir noch auffinden.

K. Alsleben vor dem Gebäude des „Couvent de Saint Josep" in der Rue St. Dominique, jetzt ein Kriegsministerium. Foto: A. Eske, 2005

Frauen spielten bei den kulturellen und künstlerischen Entwicklungen eine entscheidende Rolle. Dieses Buch gibt einen Einblick in Leben und Entwicklung von 13 hervorragenden Salonièren.

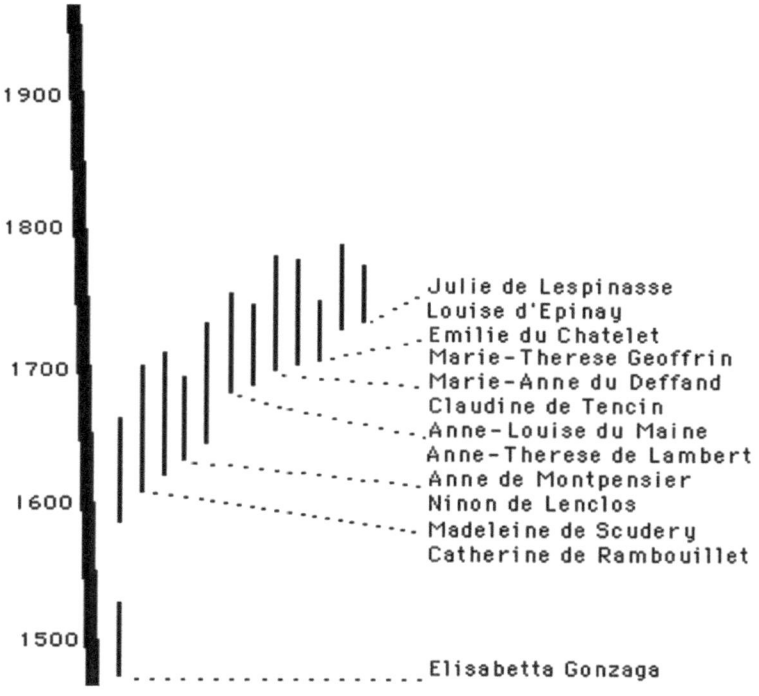

Zeitstrahl der 13 dargestellten Salonièren. Zeichnung: Kurd Alsleben.

¹ Salaverría, Heidi in: Alsleben, Kurd, Antje Eske und Heidi Salaverría: Die Kunst der Anerkennung. Eine Swiki-Konversation. edition kuecocokue Hamburg und BoD Norderstadt, 2006
² Baader, Renate: Heroinen der Literatur Die französische Salonkultur im 17. Jahrhundert in: Baumgärtel, Bettina und Silvia Neysters (Hrsg.): Die Galerie der Starken Frauen, Kunstmuseum Düsseldorf, 1995
³ Castiglione, Baldassare: „Der Hofmann. Lebensart in der Renaissance", Berlin, 1992
⁴ zitiert nach: http://de.wikipedia.org/wiki/spiel
⁵ Lund, Hannah: „Die ganze Welt auf ihrem Sopha". Frauen in europäischen Salons, Berlin, 2004

II. Kurzfassung:

Überblick über

13 Salonièren

Elisabetta Gonzaga

Die Salonièren-Runde eröffnet **Elisabetta Gonzaga**, 1471 als Tochter des Herrschers von Mantua geboren. Sie heiratete 1488 den Herzog von Urbino, Guidobaldo da Montefeltro. Ihre Ehe blieb kinderlos. Die Zeiten waren unruhig, was allein daran deutlich wird, dass zu ihren Lebzeiten acht mal der Papst wechselte. Elisabetta Gonzagas großes Verdienst ist es, mit der Sala delle Veglie in Urbino einen Ort geschaffen zu haben, an

dem Frauen und Männer, Adelige und Patrizier ungezwungen miteinander umgehen konnten. Bezugnahme und spielerische Auseinandersetzung, Gedankenfreiheit und Höflichkeit im Palazzo Ducale halten das Menschenbild der Renaissance, auch durch die Aufzeichnungen Baldassare Castiglliones, bis heute lebendig. In Elisabetta Gonzagas Musenhof entwickelten sich salonière Strukturen zwischen 1503 und 1508. Zu der Zeit war ein Verwandter der Montefeltros, Guiliano della Rovere, als Julius II. Papst und Urbino wurde so zu einem Anziehungspunkt. Ihr Musenhof ist grundlegend für die 200jährige französische Salonkultur. Wegen der vielen Machtverschiebungen zu ihrer Zeit verlief ihr persönliches Leben schwierig und sehr bewegt.

Catherine de Rambouillet

100 Jahre später ist Catherine de Rambouillet durch ihre italienische Mutter und ihren französischen Vater die lebendige Verbindung zwischen den italienischen Musenhöfen der Renaissance und den aufkommenden französischen Salons. Sie wurde, 1589 geboren, 12jährig mit dem 24 Jahre alten Charles d' Angennes verheiratet und hatte bis zu ihrem 22. Lebensjahr bereits sechs Kinder geboren, als sie 1610 ihren ersten Salon in Paris eröffnete.

Ihr Verdienst war es, die Religionskrie-gen verrohten Männer durch das Lebensideal der Galanterie wieder salonfähig zu machen. Der Umbau ihres Stadtschlosses durch einen für die Geselligkeit geeigneteren Zuschnitt, ihre Empfänge im Bett, in dem sie sich vor der Kälte aufgrund einer Wärmeallergie schützte und ihr Freundschaftskult wurden für zwei Jahrhunderte stilbildend. Ihre Lösungsbestrebungen vom Hof Heinrich IV. deckten sich mit den Interessen des frondierenden Ritterstandes, der gegen Macht- und Privilegienverluste durch den Hof aufbegehrte. Dem *Hôtel de Rambouillet* waren 42 Jahre Wirkungszeit beschieden.

Madeleine de Scudéry

Madeleine de Scudéry wurde 1607 geboren. Sie war italienischer Abstammung, hatte früh ihre Eltern verloren und sich ihrem Bruder angeschlossen, mit dem sie bis zu ihrem 50. Lebensjahr zusammenlebte. Er führte sie auch in das *Hôtel de Rambouillet* ein, über das sie den 10bändigen Schlüsselroman „Artamène ou le grand Cyrus" schrieb. 1649 eröffnete sie ihren eigenen Salon, ihre *samedis*, und pflegte dort das Ideal der Préciosité systematisch und weniger aristokratisch. Es ging den beteiligten Frauen um Möglichkeiten eines selbstbestimmten Lebens und Teilhabe an Bildung. Lebens- und Rollenentwürfe wie „weltliche Ehelosigkeit" oder „entsagungsvolle Liebe" wurden diskutiert und gelebt, die Gefühleskala zwischen Männern und Frauen dank

der „Carte de tendre" erweitert. Diese emanzipatorischen Bestrebungen riefen die männliche Welt auf den Plan. Mithilfe von Propaganda-Spezialisten wie Molière – der „*Les précieuses ridicules*" schrieb – wurde Madeleine de Scudéry nachhaltig lächerlich gemacht. Dennoch ist sie die französische Salonière, die das weitreichendste Potential für emanzipatorische, gesellschaftliche Veränderungen in Gang gesetzt hat.

Ninon de Lenclos

Ninon de Lenclos, geb. 1616, ist als Mensch hinter dem Mythos, der sich um sie rankt und an dem sie sicher nicht ganz unschuldig ist, schwer zu erkennen. Sie steht als Kurtisane im Lexikon und soll drei Sorten von Liebhabern gehabt haben: Märtyrer, Zahler und Lieblinge, wobei sie es war, die auf diejenigen zuging, die ihr gefielen. Ihre Liebschaften währten meistens ein Quartal. Als Mann verkleidet soll sie wie ein Postreiter nach Lyon geritten sein, um dort in ein Kloster zu gehen, wo sich der Kardinal ein wenig in sie verliebt habe. Sie soll den Abt von Gedoyn ein halbes Jahr vertröstet haben, weil ihr daran gelegen war, ihren achtzigsten Geburtstag in seinen Armen zu feiern. Alterslos, wählerisch, unabhängig, wild. Saint Évremond, ihr lebenslanger Freund, preist

ihre Freundschaft. Ihr *„Gelber Salon"* in der Rue des Tournelles war viele Jahre hindurch Schule der Lebenskunst und des guten Benehmens, wobei Galanterie und Preciosité dort vom Esprit abgelöst wurden. Kein ausländischer Monarch auf Paris-Besuch versäumte es, bei ihr vorbeizuschauen. Der junge Ludwig XIV. soll häufig, wenn über etwas geredet wurde, gefragt haben: „Qu´ on dit Ninon?", „Was sagt Ninon dazu?"

Anne Marie de Montpensier

Anne Marie de Montpensier, Enkelin Maria Medicis und Heinrichs IV., Cousine Ludwigs XIV., geb. 1627, war auch Habitué im Hôtel de Rambouillet. Durch die Kultur der Gesprächsspiele wurden ihr dort Lektüre und eigenes Schreiben nahegebracht und sie konnte so ihre geringe Bildung ausgleichen. Durch Beteiligung an der Fronde und Zusammenarbeit mit dem „Großen Condé" fiel sie bei Hof in Ungnade und wurde zeitweilig auf ihre Landgüter verbannt. Eine von Ludwig XIV. verweigerte Ehe mit dem Herzog von Lausun, die sie nach 10 Jahren durchsetzte, wurde zum Desaster.

In ihrem Salon im Palais de Luxembourg machten Gespräche über die „Anatomie des Herzens", über Literatur und Moral, Dichterlesungen, Autorendispute, Charaden und Theateraufführungen die Unterhaltung aus. Das *Portraitmalen*, die Selbstdarstellung oder Darstellung Anderer mit Worten, die schon bei Elisabetta Gonzaga bekannt war, erreicht in ihrem Salon einen Höhepunkt. Im Band „Divers portraits", den sie in einer Auflage von 30 Stück für die Beteiligten drucken ließ, verknüpft ein Band sich kreuzender Linien die 59 Portraitierten.

Anne Thérèse de Lambert

Anne Thérèse de Lambert, geb. 1647, schrieb schon als Mädchen ihre Eindrücke über das menschliche Herz nieder, weil sie großes Interesse an der Seelenerkundung hatte. Mit 18 Jahren wurde sie mit dem Marquis de Lambert verheiratet und fügte sich den Erwartungen ihres Mannes. Nach seinem Tod begann ihr zweites Leben. 1710 gründete sie ihr *Hôtel Nevers* im ehemaligen Palast Mazarin, von seinen Gästen „Zweites Rambouillet" genannt. Sie empfing jeden Dienstag und Mittwoch eine Elite der vornehmen und literarischen Welt.

Die in ihrem Salon vorherrschende Freiheit des Geistes wurde als „Lambertinage" verspottet. Ihr Salon stand Damen aus unterschiedlichsten Kreisen offen. Voltaire mied ihr Haus, weil es ihm zu gelehrt war. Es hieß auch, dass nur ein von ihr protegierter Zeitgenosse Mitglied der Akademie Française werden konnte. Die Modernität ihres Salons machte ihn zum begehrten Treffpunkt. Sein Ruf erstreckte sich über ganz Europa. Ihr Anliegen galt der Stellung der Frau in der Gesellschaft. Sie schrieb „*Reflexion nouvelle sur les femmes*" und für ihre Zeit sehr tolerante Texte über Kindererziehung.

Anne-Louise du Maine

Anne-Louise du Maine, geb. 1676, Enkelin des „Großen Condé", wurde mit einem Sohn von Ludwig XIV. und der Montespan verheiratet. Sie wird als energisch, keck und unbezähmbar beschrieben. Zwar im Barock geboren, sei sie vom Scheitel bis zur Sohle ganz Rokokodame gewesen. In einem Schloss in der Champagne glänzte ihr Salon mit ländlichen Konzerten, venezianischen Tanzfesten, Frühstück im Freien oder galanten Unterhaltungen bei Lautenklang. Wer in ihren *„Pavillion d' Aurore"* aufgenommen werden wollte, musste ein „Examen" bestehen. Erst nach der Unterhaltung über ein Thema entschied sich, ob die Einladung erfolgte. Ihr Salon machte als *„Les galères du bel esprit"* Geschichte. Bei den *„Loteries poétiques"* ging dort ein Pompadour

mit Losen herum, aus dem ein Buchstabe des Alphabets gezogen wurde: A bedeutete z.B. Arie oder Apotheose, O Ode oder Oper und S ein Sonett. Beim nächsten Zusammentreffen hatte das Werk fertig zu sein. Fünf Jahre wurde du Maine in die Verbannung geschickt, weil sie den Regenten mithilfe des spanischen Königs stürzen wollte. Im Anschluss daran feierte sie ihre glanzvollen Nächte in Sceaux weiter bis zu ihrem Tode.

Claudine Alexandrine de Tencin

Claudine Alexandrine de Tencin, geb. 1681, war Erbin der illustren Gäste Mme. de Lamberts. Selber in einer nicht sehr begüterten Familie aufgewachsen, blieb ihr nur das Kloster. Bald empfing sie dort Besucher, die sich von der als geistreich und intrigant geltenden Novizin angezogen fühlten, zu langen Gesprächen. In diesem Sinne absolvierte sie bereits früh ihr Salondebüt. Später lebte sie – ähnlich wie Madeleine de Scudéry – mit ihrem Bru-

der Pierre, der Priester war, zusammen. Beide sollen ein ausschweifendes Leben geführt haben. Von einem ihrer Liebhaber wurde sie schwanger. Das Kind, das sie 1717 gebar, setzte sie in der Kirche von Jean-le-Rond aus. Dieser Sohn, später der berühmte Enzyklopädist d' Alembert, lief seiner Mutter in ihrem eigenen Salon immer mal wieder über den Weg. Der Ruhm ihres Salons beruhte auf Weltläufigkeit, Freiheit des Geistes und seiner männlichen Herzlichkeit, *virile cordialité*. In Tencins Romanen und Korrespondenzen zeigt sich eine große Geistesschärfe im Hinblick auf politische Fragen. Indem sie die Nonchalance Ludwigs XIV. öffentlich anprangerte, ahnte sie die französiche Revolution voraus.

Maria-Anne du Deffand

Maria-Anne du Deffand, geb. 1697, verlor früh ihre Eltern und wuchs im Kloster auf, wo sie ihre Umgebung durch skeptische und irreligiöse Haltung verwirrte. Gut 20jährig wurde sie mit einem entfernten Vetter verheiratet. Sie war Hauptakteurin im Salon der Herzogin du Maine und zog nach deren Tod in die Räume des Saint-Joseph-Klosters nach Paris. Dort entstand einer der begehrtesten Salons des 18. Jahrhunderts.

Mme. du Deffand war eine Frau mit überscharfer Intelligenz, von der gesagt wurde, dass sie nur einen Schlag pro Abend landete, der dann am nächsten Tag ganz Paris belustigte. 1751 machten sich die ersten Anzeichen einer Augenkrankheit bemerkbar. Sie holte ihre 20jährige Nichte, Julie de Lespinasse, als Gesellschafterin zu sich nach Paris, die sie aber bald als Konkurrentin empfand und hinauswarf. Die Habitués verkehrten jetzt bei beiden Frauen. Mit 70 Jahren verliebte sich die Marquise in den englischen Aristokraten Horace Walpole, 20 Jahre jünger als sie. Er fühlte sich geschmeichelt, aber auch peinlich berührt. Sie starb am 23.9.1780 wie sie gelebt hatte: einsam im Kreise einer geistreich debattierenden Abendgesellschaft.

Marie-Thérèse Geoffrin

Marie-Thérèse Geoffrin, geb. 1699, Tochter eines Kammerdieners, wurde mit sieben Jahren Waise und wuchs bei der Großmutter in Paris auf. Der reiche Witwer und Verwalter der königlichen Spiegelmanufaktur, François Geoffrin, heiratete sie 16jährig und ließ sich mit ihr in der Rue Saint-Honoré nieder. Bei Mme. Tencin, deren Salon in der gleichen Straße war, kam die junge Bürgerliche zum ersten Mal mit der intellektuellen Elite

zusammen. Sie war dort nicht nur eine gelehrige Schülerin, sondern übernahm nach deren Tod auch den Salon. Zweimal pro Woche versammelte sie herausragende Künstler, Philosophen und Literaten um sich. Ihre viel gerühmte Mütterlichkeit zeigte sich in einem großzügigen Mäzenatentum, doch vertrat sie schon die moderne, die bürgerliche Moral der Konversation mit dem Stilideal der Simplizität. Für die russische Kaiserin Katharina II. war sie so etwas wie eine kulturelle Informantin. Auch viele europäische Herrscher zeigten sich gern bei ihr. Sie, die nur mit Freigeistern verkehrte, starb jedoch, durch familiären Zwang, wie es sich für eine Bürgersfrau schickt, mit den Sakramenten der Kirche versehen.

Emilie du Châtelet

Emilie du Châtelet, 1705 geboren, erhielt eine für Mädchen ungewohnt gute Erziehung, weil ihr Vater befürchtete, dass sie aufgrund ihrer Stärke, Größe und Plumpheit keinen Mann bekäme. Sie entwickelte sich aber zu einer intlligenten und schlagfertigen, jungen Dame, entschlossen ihr Leben in die eigenen Hände zu nehmen. Ein Mann, der dem nicht im Wege stand, war der Marquis du Châtelet. Sie heiratete ihn mit 18, ge- bar ihm zwei Kinder. Einige der größten Wissenschaft- ler gewann sie als Privat- lehrer, mit 27 Jahren lernte sie den 40jäh- rigen Voltaire kennen. Die Jungverlieb- ten ließen sich in Cirey, dem Landgut der Châtelets, mit Bibliothek und Laboratorien nieder. Hier trafen sich in- time Runden von fünf bis sechs Perso- nen. Emilies geistige Über-

legenheit brachte ihr viel Neid und Häme ein. Nach 10 Jahren wandelte sich Voltaires Leidenschaft in Freundschaft. Mit 42 Jahren verliebte sich Emilie noch einmal in einen jungen, aber kaltschnäuzigen Gardeoffizier, von dem sie schwanger wurde. Sie habe das Kind auf einen Geometrieband abgelegt und weiter geschrieben, so Voltaire. Einige Tage darauf starb Emilie an Kindbettfieber. Sie wurde 43 Jahre alt.

Louise d' Epinay

Louise d' Epinay, geb. 1726, verlor mit zehn Jahren ihren Vater und die Familie verarmte von einem Tag auf den anderen. Louise kam zu einer Tante, die sie fortwährend demütigte. Sie lebte 25 Jahre mit der Mutter unter einem Dach, inzwischen mit dem Sohn der schrecklichen Tante verheiratet. Die Untreue ihres Mannes machte ihr zu schaffen. 1756 traf sie Melchior Grimm und entwickelte durch diese große Liebe ihres Lebens ihre Persönlichkeit.

Durch ihn kam sie mit dem Kreis der Enzyklopädisten zusammen und versammelte kleine Gesprächsrunden um sich. Sie pflegte die Kunst des Zuhörens und erweiterte dabei ihr Wissen in endlosen Gesprächen. Auch äußerte sie sich scharfsichtig über männliche Unterdrückung. An sich selbst hatte sie gelernt, dass Frauen für ihr Glück Eigeninitiative ergreifen müssen. An ihrer Enkeltochter konnte sie, was ihr bei den eigenen Kindern noch nicht möglich war, ihr emanzipatorisches Erziehungsideal verwirklichen. Diese Prinzipien schrieb sie in Form eines Gespräches auf. Für ihre „Conversations d' Emilie", erhielt sie 1783 eine Auszeichnung der Akademie Française. Drei Monate später starb sie an Krebs.

Julie de Lespinasse

Julie de Lespinasse, geb. 1732, die den Reigen beschließt, ist die uneheliche Tochter des Marquis de Vichy, Bruder der Mme. du Deffand. Das Kind wurde nach einem Landgut „Lespinasse" genannt. Eine Zeit lang lebte sie im Kloster und ging dann zögernd auf das Angebot der Tante, nach Paris zu kommen, ein. Mit dem Erscheinen der Nichte sollte dem Salon der alten, blinden Frau der jugendliche Elan zurückgegeben werden. Die Gäste entschieden

sich aber letzten Endes für die junge Frau, so dass sie vor ihrer Tante vor die Tür gesetzt wurde. Mithilfe von Mme. Geoffrin eröffnete Julie einen eigenen Salon, in dem der Philosoph d'Alembert die geistige Mitte wurde. Bei ihr gab es nur Zuckerwasser zu trinken, aber die Atmosphäre war so frei, dass man hier „ins Unreine" sprechen konnte. Ihr Salon ging als „Laboratorium der Enzyklopädisten" in die Geschichte ein. Sie hatte eine große Befähigung, den Kreis ihrer Gäste zusammenzustellen und jeden nach seiner Art zu behandeln und zu fördern. Sie selber wurde von zwei romantischen Passionen, mit denen sie schon das kommende Lebensgefühl vorwegnahm, regelrecht aufgezehrt und starb früh, mit 46 Jahren.

III. Von

Elisabetta Gonzaga

zu

Julie de Lespinasse

Elisabetta Gonzaga

Herzogin von Urbino, *1471 †1526. Das Portrait von Elisabetta Gonzaga wird Raffael zugeschrieben: klassisch aufgebaut, mit Grundquadrat und angehängtem Rechteck. Die beiden Diagonalen des Quadrates kreuzen sich dort, wo ihr Mund ist. Sie wirkt, obschon noch jung, sehr diszipliniert. Der Eindruck wird von den, in einem Haarnetz angeordneten Haaren unterstrichen. Ein prächtiges, dunkles Kleid

> *„Sie setzte sich über Konventionen hinweg, eine große Ungebundenheit in Gedanken und Worten war für sie selbstverständlich."*

Raffael (zugeschr.): Elisabetta Gonzaga. Tempera auf Holz 52,5x37,3. Bild zit. n. Berti[6]

mit Brokatbordüre am großen, eckigen Halsausschnitt betont das Oval ihres ebenmäßigen, großflächigen Gesichtes. Die ruhige und morgendlich sonnige Urbineser Landschaft im Hintergrund kontrastiert mit dem unregelmäßigen, auffallenden, geometrischen Muster ihres dunklen Kleides. Obwohl sie eine melancholische Ruhe vermittelt, hat Elisabetta Gonzaga eine ungeheure Präsenz. Die helle Haut von Dekolleté und Hals strahlt von innen heraus. Ihre Wangen glühen und erwecken den Eindruck eines anstehenden Vulkanausbruchs oder Erdbebens. Das rätselhafte Spiel ihrer Lippen ist schwer deutbar: Der Ausdruck wechselt zwischen Abgeklärtheit, Traurigkeit und Spott. Sie steht über allem, wie die bergige Landschaft im Hintergrund suggeriert, und ihre Augen scheinen anzuziehen und Distanz zu bilden. Weichen würde sie nicht. Um die Stirn trägt sie das Schmuckband, das von Castiglione in seinem „Hofmann" erwähnt wird: „[...] jeder von uns soll sagen, was er über die Bedeutung des Buchstabens S denkt, den die Frau Herzogin an der Stirne trägt."[3] Das Spiel hatte der „orpheische Wandersänger" Unico Aretino vorgeschlagen. „Er selbst gibt die Erklärung in einem Sonett, das so gewandt klingt, dass niemand an eine Stegreifkomposition glaubt:

> *Befrei mich, Born der Schönheit und der Güte.*
> *Vom Zweifel, der mir heimlich zehrt am Hirne,*
> *ob jenes S auf deiner weißen Stirne*
> *Heil oder Zorn beut unserem Gemüte!*
> *Ob's herrisch oder freundlich uns erglühte,*
> *Ob's Kälte kündet wie der Alpen Firne,*
> *Ob's Unruh stiften will in unserm Hirne*
> *Ob's uns verheißt der Milde zarte Blüte.*
> *Oh, wenn ich sprechen darf, nicht Seufzer, Klagen,*
> *Nicht Strenge, Härte, Grausamkeit und Hassen,*
> *Verderben, Strafe oder Unbehagen*
> *Willst du mit ihm uns hier erkennen lassen,*
> *Das S – ich will es kurz und bündig sagen -*
> *Soll deine Tugenden zusammenfassen."[1]*

Im Original des kunstvollen Sonetts sollen die Wörter fast nur mit S beginnen. Der Dichter traf jedoch mit seinem Beitrag das Thema des Abends nicht. Auch „Giuco senese", das anmutige ,Frage und Antwortspiel', das im Flüsterton von Nachbar zu Nachbarin gespielt wird und etwas von unserem heutigen „Stille-Post-Spiel" hat, konnte nicht punkten. Und das Spiel, das Signor Pallavicino vorschlägt: *„jeder möge die Tugenden nennen, die sein geliebtes Wesen schmücken, aber auch die Fehler anführen, die ihm oder ihr am wenigsten missfielen"*[3], fand keine Resonanz. Federico Fregoso machte einen Vorschlag, auf den sich alle Anwesenden einlassen konnten. Sein Spiel wird die sittlich-moralischen Grundlagen für höfisch-höfliches Benehmen, Weltläufigkeit und spielerische Leichtigkeit legen. Er schlägt vor: so *„wünsche ich, dass wir einen aus der Gesellschaft auserwählen, dessen Amt es sein soll, uns in seiner Rede einen vollkommenen Hofmann vorzuführen, wobei er uns alle Bedingungen und einzelnen Eigenschaften erklärt, die erforderlich sind, um ihren Träger dieses Namens wert zu machen; und bei dieser Erörterung soll einem jeden jedweder Widerspruch erlaubt sein wie in den Schulen der Philosophen."*[3] Die Gruppe entscheidet sich in dem Zusammenhang ausdrücklich für jemanden, der den Hofmann nicht vollkommen vorzuführen vermochte, auf dass reichlich Widerspruch aufkommen konnte.

Geboren wurde Elisabetta als Tochter des Herrschers von Mantua, Federico I. Gonzaga, und Margarete von Bayern. Sie hatte noch zwei Schwestern und drei Brüder. Unter ihnen der zukünftige Herrscher von Mantua, Francesco Gonzaga. Mit dessen zukünftiger Frau Isabelle d' Este wird sie sich freundschaftlich verbinden. Ihre Großeltern, Ludovico Gonzaga und Margarethe von Brandenburg, auch der Vater Federico sind von Mantegna auf dem eindrucksvollen Fresco in der Camera degli Sposi im Palazzo Ducale zu Mantua für die Nachwelt festgehalten.

Von den Großeltern gibt es eine Verbindung zu Elisabettas zukünftigem Mann Guidobaldo da Montefeltro, Herzog von Urbino. Ihre Großeltern und Guidobaldos Vater, Federico da

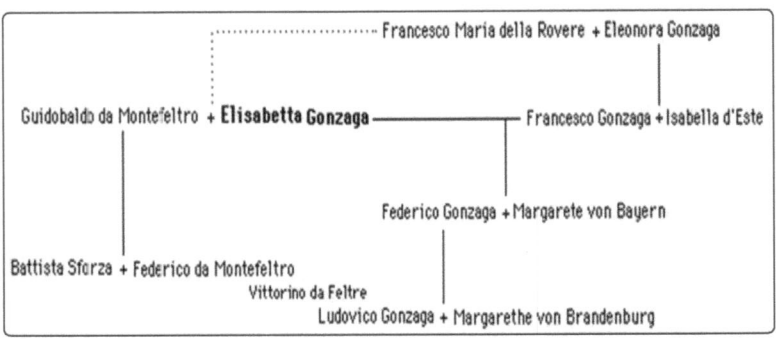

Zeichnung Kurd Alsleben: Verwandschaftnetz der Elizabetta Gonzaga

Montrefeltro wurden von dem gleichen Lehrer erzogen. Von Vittorino da Feltre, geb. 1378, der als Begründer der modernen Erziehung gilt, in Mantua die erste Internatsschule Europas einrichtete und sie „La Casa Giocosa", „Das heitere Haus" nannte. Er lehrte dort die Kinder des Hofes, Mädchen und Jungen ohne Unterschied, und die Söhne anderer Höfe, die zu ihm geschickt wurden. Darüber hinaus unterrichtete er bis zu 70 arme Kinder „um Gottes Lohn". Das Gesamtziel seiner Erziehung war ein harmonisches Zusammenspiel von körperlicher, geistiger und moralischer Entwicklung.[nach 1]

Von Elizabetta Gonzaga wissen wir, dass sie, auch nach ihrer Heirat mit Guidobaldo da Montefeltro 1486, in ständiger Verbindung mit Mantua stand. „Nach der Hochzeit ihres [älteren] Bruders [Francesco mit Isabella d' Este] blieb sie noch Monate über die Festlichkeiten hinaus [...] [Die Verbindung setzte sich fort. Ihr Bruder] hatte sie besonders gern, sorgte sich um ihre Gesundheit und Sicherheit [...] [er] war wahrscheinlich besonders dankbar für die Fürsorge und die Zuneigung, die [...] [die Schwester] seiner Tochter Leonora bezeigte, einem Mädchen, dem gegenüber sie sich mütterlicher verhielt als die leibliche Mutter."[1] Hier spann sich bereits die Zukunft an, denn

Francesco Maria della Rovere, Guidobaldos Neffe, sollte einmal Nachfolger des kinderlosen Herzogenpaares in Urbino werden und Leonora Gonzaga seine Frau.

Fünf Päpste erlebten Elisabetta und Guidobaldo während ihrer Regierungszeit am Urbineser Hof, von denen drei sehr bestimmend für sie waren: Unter dem Borgia-Papst Alexander VI. heiratete seine Tochter Lucretia Borgia, nachdem sie schon dreimal verheiratet gewesen war, den Bruder von Isabella, Alfonso d' Este (die günstigen päpstlichen Belehnungen und die finanziellen Vergünstigungen seien zu verlockend gewesen). Elisabetta Gonzaga und Isabella d' Este begleiteten die Braut im Januar 1502 nach Ferrara.

Pabstwechsel zu Lebzeiten von Elisabetta Gonzaga *1471 †1526

Sixtus IV. Francesco della Rovere *Pabst vom 9.8.1471 - 12.8.1484*	- 1471 Geburt Elisabetta Gonzagas
Innozenz VIII. Giovanni Battista Cibo *Pabst vom 28.8.1484 - 25.7.1492*	- 1486 Heirat von Elisabetta Gonzaga und Guidobaldo da Montefeltro, Herzog von Urbino - 1502 Heirat der Tochter von Alexander VI., Lucretia Borgia, mit dem Bruder von Elisabettas Schwägerin Isabella d' Este, Alfonso d' Este
Alexander VI. Roderic de Borgia *Pabst von 1492 - 18.8.1503*	- 1502 wird Guidobaldo von Alexander VI. Sohn Cesare Borgia aus seinem Herzogtum Urbino verjagt und enteignet
Pius III. Francesco Todeschini Piccolomini *Pabst vom 22.8.1503 - 18.10.1503*	- 1503 Guidobaldo da Montefeltro erobert mühelos sein Herzogtum zurück
Julius II. Giuliano della Rovere *Pabst 1.11.1503 - 21.2.1513*	- Der Hof von Urbino erlangt zwischen 1503 und 1508 unter Elisabetta Gonzaga unvergänglichen Ruhm als 'hohe Schule feinster Geselligkeit' - Am 11.4.1508 stirbt Guidobaldo - Francesco Maria della Rovere und Eleonora Gonzaga sind nachfolgendes Herzogenpaar
Leo X. Giovanni de' Medici *Pabst vom 11.3.1513 - 1.10.1521*	- Leo X. schenkt seinem Neffen Lorenzo de' Medici das Herzogtum Urbino - Lorenzo stirbt 1515 und Francesco Maria erobert sein Herzogtum zurück
Hadrian VI. Adrian von Utrecht *Pabst von 1522 - 14.9.1523*	- Elisabetta Gonzaga kann erst 1521 (Tod von Leo X.), nach Urbino zurückkehren
Clemens VII. Giulio de' Medici *Pabst vom 18.11.1523 - 25.9.1534*	- 1526 stirbt Elisabetta Gonzaga

Papstwechsel zu Lebzeiten Elisabetta Gonzagas. Zusammenstellung: A. Eske

Einige Monate darauf eroberte Lucretias Bruder, Cesare Borgia, das Herzogtum Urbino und vertrieb Guidobaldo, der als Flüchtender in Mantua auf seine Frau und Emilia Pia, Elisabettas unzertrennliche Begleiterin und Schwägerin traf, die beide gerade von einer Venedigreise heimkehren wollten. In Mantua, dem Familiensitz der Gonzaga, fanden die Vertriebenen Schutz, mussten aber schon im September desselben Jahres, auf Druck Cesare Borgias, die Stadt wieder verlassen. Venedig nahm sie auf. Alexander VI. verfolgte eine weitere Strategie, um Urbino zu annektieren. Er versuchte die Ehe, die auf Grund von Guidobaldos Impotenz nicht vollzogen werden konnte, zu annulieren und Guidobaldo in eine kirchliche Laufbahn zu zwingen. Elisabetta verweigerte die Scheidung.

Im November 1503, nach dem Tod Alexander VI., wurde Giuliano della Rovere unter dem Namen Julius II. neuer Papst. Damit wendete sich das Blatt für Urbino. „Guidobaldo eroberte fast mühelos sein Herzogtum zurück; am 28. August traf er in Urbino ein. [Ein Jahr später adoptierten er und Elisabetta den Sohn von Giovanni della Rovere und Giovanna Feltria, Francesco Maria, als Erben für das kinderlose Herzogtum. Der neue Erbe war sowohl Guidobaldos Neffe als auch der Neffe des Papstes.] Verwandtschaftsbeziehungen und militärische Allianzen mit dem Papst sicherten die politische Stabilität und zogen zahlreiche Intellektuelle und Künstler an den Hof von Urbino, die dadurch nicht selten erhofften, in den näheren Umkreis des Papstes zu gelangen."[2]

Valerian Tornius schildert in seinem Buch „*Salons*" von 1925, wie der Besuch Julius II. in Urbino verlaufen sei: „Der Papst hatte […] in der Residenz der Montefeltre eine kurze Rast gemacht, und von dem Hofe war natürlich alles aufgeboten worden, um dem Heiligen Vater den Aufenthalt so angenehm wie möglich zu gestalten … Graf Castiglione berichtet, dass die vornehmste

Stadt Italiens keinen größeren Prunk hätte aufbringen können.' Das ist wohl etwas übertrieben, denn der Urbinatische Hof war nicht so reich, um mit Ferrara wetteifern zu können, musste doch die Herzogin in ihrer Hausfrauensorge sogar die Schwägerin Isabella bitten, ihr mit einigen Altardecken von Gold und Seide sowie mit Tisch- und Fußteppichen' auszuhelfen. Und wenn das Gemach des Pontifex auch nicht mit zwei Baldachinen und anderen schönen Dingen, die Elisabetta von ihrer Schwägerin gleichfalls erbat, ausgeschmückt worden war, so amüsierte sich der Pabst doch ausgezeichnet und reiste mit seinem Hofstaat seelenvergnügt von dannen; ja einigen Kardinälen und Höflingen hatte das fröhliche Leben so behagt – wahrscheinlich, weil sie so feine gesellschaftliche Formen, wie sie hier herrschten, noch nicht kannten –, dass sie der Einladung des Gastgebers willig Folge leisteten und mehrere Tage in Urbino blieben."5

Ihre Aufgabe hatte Elizabetta Gonzaga im geselligen Umgang mit ihren Gästen gefunden, unkonventionell, großzügig und offen. Diese Kunst des Miteinanderumgehens, die bei ihr gepflegt wurde, hat Baldassare Castiglione aufgezeichnet in seinem Buch: Der Hofmann „Il libro del cortegiano"3, das er zwei Jahre nach Elisabettas Tod veröffentlichte. Das Buch beschreibt das Menschenbild der Hochrenaissance und wurde zeitgenössisch in alle wichtigen Sprachen übersetzt. Ein bekanntes Portrait von Castiglione zeigt ihn in dem Alter, da er zu Elisabetta Gonzagas Hofgesellschaft in Urbino gehörte. Er sagte von Elisabetta: „[...] jeder bemühe sich, ihr nachzueifern und ihren schönen Sitten gleich einer Richtschnur zu folgen. [...] Jedermann hatte zu ihrem und Guidobaldos Hof Zutritt, wenn der Gast nur in irgendeiner Weise eine ausgeprägte Persönlichkeit war [...]"7 „Das eben war das schöne in diesem Kreise: die völlige Missachtung aller steifen, konventionellen gesellschaftlichen Formen. Keine Prüderie, keine standesunterschiedliche Voreingenommenheit zwang den Anwesenden Fesseln auf. Hier hatte jeder Zutritt, der irgendwelche geistigen Werte auf die Wagschale der Persönlichkeit zu legen hatte, einerlei, ob diese künstlerischer oder wissenschaftlicher, diplomatischer oder lebensphilosophischer Art waren. Dabei herrschte die größte Ungebundenheit in Gedanken und Rede, die doch nie zu einem gröblichen Verstoß gegen das allgemein Schickliche führte."[5]

1507 trifft sich eine konversationelle Runde bei Elisabetta im Herzogenpalast von Urbino, einem eindrucksvollen Renaissance-Gebäude das gut erhalten ist. Dazu wieder Tornius: „Nun kamen sie, einer nach dem andern, voran der witzige ,Calandria'-Dichter und galante Hofmann Bernardo Bibbiena; ihm folgte der orpheische Wandersänger ,Unico' Aretino, der so göttlich sang, dass überall, wo er sich zeigte, das Volk zusammenströmte und die Kaufleute die Läden schlossen, um seinen Liedern zu lauschen; da war weiter der Welsch-Deutsche Frisio [...]; da durfte Signor Ludovico Pio nicht fehlen, der wegen seiner Tapferkeit vielgerühmte Gatte der um ihrer Schönheit willen noch mehr gerühmten Graziosa aus Milano [gemeint ist Emilia Pia]; da war der ruhige, genussfrohe Juliano de'Medici, Lorenzo Magnificos jüngster Sohn, der in Mußestunden auch Sonette dichtete [...]; da erschien auch der Conte Ludovico da Canossa, ein edler Veronese, ein Diplomat und Weltmann von etwas geziertem Benehmen und darum häufig die Zielscheibe mancher lustig-spöttischen Bemerkung, namentlich bei den Damen. Und noch viele kamen – nicht zu vergessen Pietro Bembo, der sich eben erst duch seine ,Asolanen' den Dichterlorbeer erobert hatte –; sie alle begrüßten ehrfurchtsvoll die Herzogin und nahmen irgendwo in der Runde einen Platz ein, wenn es anging, neben einer Dame, damit das Bild der ,bunten Reihe' zustande käme."[5] In der Beschreibung fehlt natürlich Graf Baldassare Castiglione, denn wenn er nicht dabei gewesen wäre, wer hätte dann der Nachwelt Bericht erstattet?

Antje Eske: Sala delle Veglie. Fotografie 1999

Auch Emilia Pia wird nur indirekt erwähnt. „Signora Emilia war die Assistentin der Herzogin. Die würdige und untrennbare Vertraute Elisabettas musste zuweilen selbst den Gang der Unterhaltung lenken. Und keine am Hof eignete sich besser dazu als sie, die an Verstand und Witz vor ihrer fürstlichen Freundin nicht zurückstand und bis an ihr Lebensende eine echte Dame der Renaissance blieb; soll sie doch in ihrer Sterbestunde mit dem Conte Ludovico noch eine lebhafte Diskussion über den ‚Cortegiano‘ geführt haben."[5]

Elizabetta Gonzaga trug dazu bei, „dass der Hof von Urbino als hohe Schule feinster Geselligkeit unvergänglichen Ruhm erlangt hat. Festliches Treiben und philosophische Diskussion prägen hier ähnlich wie in Mantua das gesellschaftliche Leben. […] Sie setzte sich über Konventionen hinweg, eine große Ungebundenheit in Gedanken und Worten war für sie selbstverständlich. Ausländische Gäste waren stets willkommen; Elisabettas Liberalität im Gespräch und großzügige Freiheit des geselligen Umgangs nahmen bereits einige der Hauptmerkmale der späteren Salons vorweg. Dazu gehörte auch, dass Urbino […] sich zu einem kosmopolitischen Knotenpunkt entwickelte."[4]

Nach Guidobaldos frühem Tod am 11.4.1508 wurden Francesco Maria della Rovere und Leonora Gonzaga das nachfolgende Herzogspaar. Auch Julius II. starb einige Jahre später plötzlich und so wurde Giovanni de' Medici als Leo X., nach dem kurzen Pontifikat Pius' III., neuer Papst. Er schenkte das Herzogtum Urbino seinem Neffen Lorenzo de' Medici, der im Juni 1516 zum Herzog von Urbino ernannt wurde und die Bewohner vertrieb. Wieder reiste Elisabetta, diesmal mit Leonora, nach Mantua.

„Erst drei Jahre nach dem Tod von Lorenzo de' Medici (1518) gelang es Francesco Maria das Herzogtum zurückzuerobern."[2] Elisabetta selber konnte erst nach dem Tod Leo X., 1521, wieder nach Urbino zurückkehren. Die ihr noch verbliebenen Jahre waren von Krankheit gezeichnet. Nach ihrem Tode, 1526, schrieb Castiglione: „und wenn mein Herz sich wegen des Verlustes so vieler meiner Freunde und Herren betrübt, die mich in diesem Leben wie in einer Einsamkeit voller Kümmernisse zurückgelassen haben, so ist es nur billig, dass es weit bitterer als über alle anderen den Schmerz über den Tod der Frau Herzogin empfindet, weil sie mehr als alle wert und ich ihr mehr als allen zugetan war."[5]

1 Simon, Kate (1995): Die Gonzaga Eine Herrscherfamilie der Renaissance, Köln
2 Osols-Wehden (Hrsg. 1999): Frauen der italienischen Renaissance Dichterinnen Malerinnen Mäzeninnen, Darmstadt
3 Castiglione, Baldassare (1992): Der Hofmann. Lebensart in der Renaissance, Berlin
4 Heyden-Rynsch, Verena von der (1992): Europäische Salons Höhepunkte einer versunkenen weiblichen Kultur, München
5 Tornius, Valerian (1925): Salons Bilder Gesellschaftlicher Kultur aus fünf Jahrhunderten, Berlin
6 Berti, Luciano (1993): Die Uffizien Vollständiger Katalog der Gemälde, Florenz
7 Lavater-Sloman, Mary (1958): Madame und die Jahrtausende. Zürich, Stuttgart

Catherine de Rambouillet

Catherine de Vivonne, *1588 †1665, wurde als Tochter der italienischen Adeligen Giulia Savelli und des französischen Gesandten in Rom, Marquis de Pisani, geboren. Zweisprachig aufgewachsen, lernte sie später Latein und Spanisch hinzu. 1600 wurde sie im Alter von 12 Jahren mit dem 24jährigen Charles d' Angennes, Marquis de Rambouillet verhei-

„Ich kann sagen, ohne in den Verdacht eines Schmeichlers zu kommen, dass sie die geistreichste Person der Welt ist [...]"

ratet.

„Bis zum Beginn des 17. Jahrhunderts wurden die Mädchen noch erzogen wie im Mittelalter, blieben bei der Mutter oder einer Verwand-

*Catherine de Rambouillet.
Bild zit. n. [12]*

ten und übten sich in den Pflichten der Ehefrau. Weibliche Gelehrsamkeit und eigener schriftstellerischer Ehrgeiz waren die männlicherseits angefeindete Ausnahme. [...] Jean Chapelain und Guez de Balsac verhöhnten in ihrer Korrespondenz ‚jene Damen, deren Koketterie sich nunmehr in der Erhebung zu den Wissenschaften' ausdrücke, oder die Autorin, die doch lieber gleich den Kaiser vom Irrenhaus hätte heiraten sollen, statt einen Roman zu schreiben. Lieber ertrüge er – so Balsac – die

Frau mit Bart, als die Gelehrte, und als Herr der Polizei würde er all die widernatürlichen Frauen zum Spinnen schicken, die Bücher schreiben wollten und in der Travestie des Geistes mit ihrer Stellung in der Welt gebrochen hätten."[1]

Bis zu ihrem 22. Lebensjahr hatte Catherine de Rambouillet bereits ihre sechs Kinder geboren. Danach begann ihr zweites Leben, in dem sie sich der Gestaltung des zwischenmenschlichen Umgangs widmete. Sie war sozusagen die lebendige Verbindung zwischen den italienischen Musenhöfen der Renaissance und den aufkommenden französischen Salons, denn in ihr verkörpern sich beide Kulturkreise.

Mme. de Rambouillet eröffnete 1610 den ersten Salon Frankreichs. Dieser „Salon entstand zugleich aus der Hofgesellschaft heraus und in Abgrenzung zu ihr. Einige Merkmale der Salons lassen sich aus diesem Abgrenzungswillen erklären: Statt um den Monarchen gruppierte sich die Gesellschaft jetzt um eine Dame. Dem monologischen Sprechen von oben herab wurde ein dialogisches mit vielen gleichberechtigten Partnern entgegengesetzt. Man definierte sich nicht mehr über Hierarchien und Machtsymbolik. Stattdessen wurde die Verwischung der gesellschaftlichen Unterschiede zum Ideal. Während sich das Zeremoniell später am Hof Ludwigs XIII. zunehmend versteifte, wuchs der Wunsch nach zwangloser Geselligkeit. Die Salons waren von Anfang an ein ersehntes Mittel gegen den *ennui*, die Langeweile des Stillstands."[11]

Nachdem Catherine de Rambouillet 1608 der Moderoman von Honoré d' Urfé „„*Astrée*' in die Hände gefallen war, in dem die gotischen Gebräuche der Minne versüßt aufbereitet wurden und nicht mehr nur der Anregung tapferer äußerer Taten dienen, sondern den Geist spornen, die Manieren abschleifen und den moralischen Mut stählen"[2] sollten, erkannte sie das männer- und kulturbildende Potential eines solchen platonischen Liebesideals. Sie fing an in diesem Sinne eine wachsende

Zahl von Gästen um sich zu versammeln, mit dem Ziel, Moral und Umgangsformen wieder feiner und galanter zu gestalten. Ihre Intention, „zu Hause einen Hof nach ihrem eigenen Geschmack"[1] zu etablieren, deckte sich mit den Interessen des Hochadels, seine Macht und Privilegien gegen den nach Absolutismus strebenden, königlichen Hof zu verteidigen. „Die Gründe für den Rückzug der Marquise de Rambouillet vom Hof sind vielfältig. Das Hofleben Heinrich IV. war geprägt von handfesten Vergnügungen wie Wildschweinjagden und Duellen. Möglicherweise ließen ihre zarte Konstitution und/oder der italienische Geschmack ihre Anwesenheit bei Hofe nicht länger zu. Es wird angenommen, dass es der gebildete und höfliche Umgang war, der der ersten Salonière am Hofe Heinrichs gefehlt hat und den sie in ihrem Hôtel einzuführen versuchte. Dass ihr Mann später bei Hofe in Ungnade fiel, [was auch aus seiner Nähe zur Fronde erklärbar wird,] trug zur Popularität des Hôtels bei."[11] „Den Geist der antiabsolutistischen Opposition, der Fronde also, teilte [...] der Marquis de Rambouillet, und das 1613 fertiggestellte Stadtpalais, zunächst ‚Hôtel de Pisani' [später ‚Hôtel de Rambouillet'] genannt, wurde zum Fluchtraum eines entmündigten, machtgewohnten Standes, in dem dieser das Bewusstsein seiner moralischen, kulturellen und ästhetischen Überlegenheit erneuern und offensiv vertreten lernte. Hier entstand eine gesellige Kultur der Mündlichkeit, die für die politische Ohnmacht entschädigen und die erstarkte Bourgeoisie auf dem ihr eigenen Terrain der Bildung und der Kunst herausfordern sollte. [So entwickelte sich in der Salonkultur eine kulturelle Gegen- und Lösungsbewegung vom Hof.] Das Hôtel de Rambouillet stand auch bürgerlichen Autoren offen, sofern sie die aristokratische Grundanschauung respektierten und dem unpassenden ‚akademischen' Dartun übernommener Urteile die intellektuelle Anmut und Behändigkeit, dem überladenen Gedächtnis die pointierte Replik vorzuziehen, bereit waren."[1] Auf diese Weise ergaben sich für den zwischenmenschlichen Austausch neue Umgangsformen. „Schon in diesem Salon zählten vor allem die gesellschaftliche Gewandtheit und die kulturelle Leistung. Der ranghöchste Prinz verlor im Hôtel Rambouillet seinen Ehrenplatz in der Gunst der Hausherrin, als ihn der bürgerliche Vincent Voiture in der Kenntnis dichterischer Regeln überflügelte."[11]

Claudia Schmölders bringt in ihrem Buch „Die Kunst des Gesprächs" die Veränderungen, die sich zwischen Renaissance und Barock im konversationellen Umgang vollzogen haben, auf den Punkt: „Bekanntlich hat die Salonkultur in Frankreich, beginnend mit dem Salon der Madame de Rambouillet um 1613, die sogenannte ‚préciosité', die Stilistik des Geistreichen, die Molière so verspottet hat, hervorgebracht und damit die Atmosphäre, in der Schlüsselromane wie die der Madeleine de Scudéry und schließlich auch verschlüsselte Gesellschaftskritik wie die ‚Charactères' (1688) von La Bruyère entstanden sind. Die konversationelle Bindung wird hier gleichsam enger; [...] als charakteristische ‚Unter-Haltung' dieser Gesellschaft wird sie aber ebenso greifbar in der konversationellen Stilistik des Verschleierns und Enträtselns, des cacher und découvrir. Sie verlangte eine Vertrautheit der Personen untereinander, die nicht nur Gewohnheit ist, wie der Begriff einer ‚conversation familière' nahe legt, sondern Enge, aus der Verschlüsselung und Verschleierung sich als ganz natürliche Distanzierungsversuche ergeben."[10]

„Ziel ist der Gesellschaftsmensch, der seine berufliche oder aristokratische Lebenspraxis ausblendet und zur liebenswürdigen Geselligkeit aller beitragen kann: der honnête homme. Er war das Ideal und das einigende Band der gesellschaftlichen Elite der Zeit, die sich aus dem Hochadel [...] dem Amtsadel (Bürgerliche, die durch den Kauf eines Amtes geadelt worden waren) [und dem Geistesadel] zusammensetzte. [...] – bemerkenswert ist […], dass […] [drei] sehr verschiedene Gruppen ein abstraktes Ideal der Lebensführung teilen […]."[11]

Die Marquise „verstand es, die Ausstattung (ihrer Räume) heiterer und luftiger zu gestalten"[1] als es gemeinhin üblich war und versah ihre Möbel mit Nippes oder mit Vasen und Körben voll frischer Blumen, die „den Frühling in ihr Zimmer brachten", so die Worte eines entzückten Zeitgenossen. Ihr Ambiente war nur unzulänglich zu beschreiben, so neu schien es damals. Madame de Rambouillet liebte die Natur und, da sie „an deren Reichtum kaum teilhaben konnte, begnügte sie sich nicht damit, aus ihrem Fenster auf die Wiese zu schauen, die sie in ihrem Garten anlegen ließ, um sich den originellen Luxus leisten zu können, mitten in Paris Heu zu ernten. Sie wollte, dass in ihrem ganzen Haus der Frühling herrschte. Die Wände waren nicht mehr dunkel getäfelt oder mit Córdoba-Leder bespannt, sondern mit Stofftapeten, deren frische Farben denen der Blumentapeten entsprachen. Grün, Rot, Gold und für das Schlafzimmer der Hausherrin Azurblau [daher der Name „Blaues Zimmer / chambre bleue"]."[1] Ihre Wände schmückte sie mit Gemälden und Portraits von lieben Freunden, venezianischen Vasen, chinesischen Porzellanen und antiken Marmorplastiken. Das Ganze reflektierte geschickt in Spiegeln, die ebenso eine Neuheit waren, wie die Kristalllüster. Die Marquise ging beim Aufbau ihres Salons mit großer Gestaltungskraft vor. Sie wusste wohl intuitiv um die Einheit von Inhalt und Form, in ihrem Fall um die Auswirkung der Umgebung auf menschliche Aktivitäten, und ließ für die Zusammenkünfte ihr Stadthaus nach eigenen Plänen umbauen. Die Treppe wurde nicht, wie es im Barock üblich war, in der Mitte sondern an der Seite angebracht, „was eine für Empfänge günstige Zimmerflucht eröffnete."[1] Dieser, für die damalige Zeit revolutionäre architektonische Eingriff machte Furore und wurde von anderen, z. B. von der Königinmutter Maria von Medici, kopiert.

„Die Jahre zwischen 1638 und 1645 markieren die Blütezeit des ‚Hôtel de Rambouillet‘"[3], dem insgesamt 42 Jahre Wirkungszeit beschieden waren. Politisch gesehen war es die Zeit, in der sich die oppositionelle Bewegung des Adels zum Aufstand (Fronde von 1648-53) gegen das absolutistische Königtum formte. Im Hôtel de Rambouillet „wurde zum erstenmal das Gespräch zu jener Kunstfertigkeit erhoben, in der Esprit, Geschmack, Lebensart und erlesene Höflichkeit miteinander konkurrieren. Höfische und politische Intrigen wurden vor der Tür abgelegt, denn es galt, die Kunst zu zelebrieren und den galanten Umgang zu pflegen."[3] Im „Hôtel de Rambouillet" ging es darum, wie A. v. Gleichen-Russwurm schreibt, „Geselligkeit zum Höhepunkt des Daseins zu erheben."[2] „Die politesse du coer (Höflichkeit des Herzens) war eine ihrer hervorstechendsten Eigenschaften. Unauffällig wurde jeder darin unterwiesen, der bei ihr verkehrte."[5] „Die Aristokratie des 17. Jahrhunderts lernte unter ihrer vorbildlichen Lehrmeisterin, sich selbst als Nachfahren des Rittertums zu begreifen und sich dem kultischen Frauendienst zu verschreiben. Wie die ‚cours d‘ amour‘ des Mittelalters war der Salon den Frauen nicht nur offen, sondern [...] eine Stätte ihrer respektvollen Verehrung. Hier war die Bildungsdifferenz der Geschlechter aufgehoben, es galten – so etwa für den Abbé Cotin – die Frauen sogar als diejenigen, die erst den Mann kultivierten und formten. Die gesellige Kultur des Salons, die zirkelstiftend und dialogisch war, desavouierte die Werk- und Schriftgläubigkeit und die gelehrte Isolation des ehrgeizigen Rivalen. In der Runde der Vielen (‚salon‘) eben und nicht der Einsamkeit des Schreibtisches (‚cabinet‘) gediehen die subtile Antwort oder die originelle Pointe."[1]

Die folgenden zwei Bilder zeigen ihr Stadtpalais in Paris. Links das Haus und ein Teil des Parterre-Gartens. In dem Bild rechts

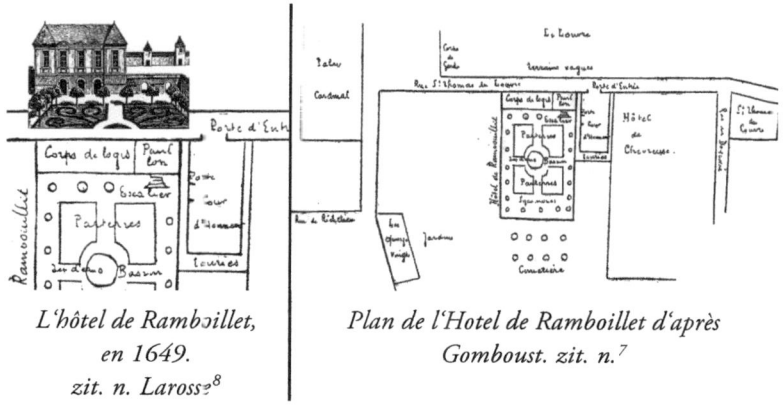

L'hôtel de Ramboillet,
en 1649.
zit. n. Larosse[8]

Plan de l'Hotel de Ramboillet d'après
Gomboust. zit. n.[7]

im Hintergrund – grafisch frei stehend – sind Türmchen der
Mauer des Louvre gezeichnet. Die Straße dazwischen fehlt.
Nicht abgebildet sind der Pavillon, die Treppe und der Hof mit
Pferdeställen. Nach der grafischen Wirkung zu schließen, handelt es sich offenbar um eine Weglassung.

Der Lageplan rechts zeigt oben unbebautes Terrain des Louvre,
des königlichen Schlosses, links den Sitz des Kardinals, schräg
irgendwelche Häuser (Nr. 15 – 20) an der Straße, rechts einen Nachbarn (Chevreuse), unten die nicht angegebene Grenze
des Grundstückes. Der renaissancene Parterre-Garten schließt
unten wohl an ein kleines, gehegtes Wäldchen an, links u. a.
wahrscheinlich die Heuwiese. An der Straße (Rue St. Thomas du
Louvre) steht das Haus. Der Eingang geschieht rechts über einen
größeren Hof mit Pferdeställen ringsum. Von dort tritt man in
den Parterre-Garten und über eine Treppe in einen Pavillon, der
der Eingang zum Gebäude ist. Diese Seitlichkeit des Eingangs,
im Gegensatz zum gültigen zentralen, ist die Konzeption der
Catherine de Vivonne. Im heutigen Straßenbild ist die Anlage
nicht mehr auszumachen, u. a. steht dort eine Kirche. (Bildbeschreibung: Kurd Alsleben)

„Der Salon trat mit dem Hôtel de Rambouillet das Erbe einer Spielkultur an, die über die Gastgeberin und über Charles Sorels ‚Maison des ieux' (1642) aus dem Italien der Renaissance nach Frankreich vermittelt worden war. Gesellige Gesprächsspiele lenkten des Ritual der Unterhaltung wie das Ballett das der Bewegung. In dem einen wie dem anderen war die Gegenwart von Frauen selbstverständlich. Die Unterhaltung – als ‚divertissement' und als ‚conversation' begriffen – war der jedes endlichen Zwecks entkleidete Lebensvollzug selbst. Mündlichkeit, Phantasie und Improvisation, Kurzweil und Spiel, die plaudernde Runde und der geistreiche Einfall wurden als die neuen ästhetischen Maßstäbe gegen die form- und regelrechte, um Ernst und Vollendung ringende Arbeit des einzelnen am geschriebenen Text gehalten. [...] Spiel und Gespräch schulten die reflexhafte geistige Wendigkeit und die Kunst des Plauderns, übten in freier Rede und differenzierter Sprachbeherrschung, lehrten die Stilebenen oder die Bildbereiche variieren [...] In den Metamorphosen schulten sich das geistreiche Finden und Entschlüsseln angemessener und überraschender Übertragungen, dazu die Beobachtungsgabe und das pointierte Beschreiben [...]"[1]

Schon in diesem ersten französischen Salon fand der Umgang auf gehobener Problemhöhe statt. Im zwischenmenschlichen Austausch wurde das reine Wort bald durch Konversationsspiele, Theater, Flanieren u. a. ersetzt, was die Möglichkeit eröffnete, in andere Assoziationsebenen zu gelangen und neue Denkfelder zu beschreiten; z. B. verlangten die „allegorischen ‚Gazettes de plusieurs endroits' [...] von den Salongästen, in der literarischen Travestie in die Rolle eines Helden der bewunderten Romane zu schlüpfen und dessen vermeintliche Erlebnisse zu erzählen, oder aber die Neuigkeiten des Hôtel de Rambouillet verschlüsselt festzuhalten. So dachte sich in einer Nacht Julie d' Ángennes

[Tochter der Catherine] die an den ‚*Amadis*‘ angelehnte ‚*Histoire d‘Alcidalis et de Zélide*‘ aus. Spielerisch und unterhaltsam übten sich die Frauen im Verfahren des Erzählens und in der freien Verfügung über das Vorgegebene und den eigenen Einfall.“[1]
„Das Hôtel Rambouillet entwickelte auch eigene Sprachspiele, Kreativitätswettbewerbe im großen Kreis ‚dessen Mitglieder als Gesamtheit zum literarischen Subjekt wurden‘. Die anwesenden Dichter verfassten gemeinsam oder im Wettstreit Verse, die dann galant als ‚*Guirlande de Julie*‘ der Tochter des Hauses gewidmet und veröffentlicht wurden. […] Hier wurden [auch] Theaterszenen gespielt, Lesungen veranstaltet und literarische Streitgespräche ausgefochten.“[11]

„Madame de Rambouillet verstand es eben am glücklichsten, die […] [drei] Aristokratien jener Zeit, die der Geburt [‚des Geldes‘] und die des Geistes, die bis dahin ein getrenntes Dasein führten, harmonisch zu vereinigen. Der Standesunterschied fiel fort; jeder honnete homme fand Zutritt in ihren Salon, einerlei, wo seine Wiege gestanden hatte. Aus dieser Berührung von Geburts- und Geistesadel ging eine ganz neue Kunst hervor, die Kunst der Konversation, die seitdem das Charakteristische der französischen Salons blieb.“[5] Die gestaltete Umgebung und „die poetischen Pseudonyme [das entspräche heute den ‚Avataren‘ und ‚nicknames‘ im Internet], die man anzunehmen pflegte, verliehen den Gesprächen eine galante Wendung. […] Es war Malherbe, der für Madame de Rambouillet den poetischen Namen Arthénice aussuchte, der trotz seines hellenischen Klangs lediglich ein Anagramm ihres Vornamens Catherine war.“[4]

„Richelieu nannte sich Seneca, Madame Scudéry firmierte als Sappho. Zur schnellen Charakterisierung wurden die Gäste auch mit Attributen versehen, mit Tieren oder Göttern verglichen. Sprachspiele dienten zugleich als Grundlage für philosophische

Überlegungen: aus dem ‚Gegensätze-Nennen' ergab sich die Frage: ‚Warum liebt man das Schöne, nicht aber das Hässliche?'"[11]

Ein beliebtes Gesellschaftsspiel war das „*Portraitmalen*'. Die Anfänge dieses [...] Gesellschaftsspieles liegen [...] weit zurück. Man begegnet ihnen schon bei den Soireen im Schlosse zu Urbino. Nur fehlte dort noch jener kecke, fein pointierende Humor, der einzig dem gallischen Geiste eigen ist."[3] Das Spiel des ‚*Portraitmalens*' wurde auch von Marie de Montpensier aufgenommen und von Madeleine de Scudéry zur Blüte gebracht. Es ging um Selbstdarstellung oder Potraitierung Anderer mit Worten. Dabei konnten beziehungsreiche Namen aus der griechischen Mythologie verwendet werden, wobei der Rang der Figur dem Stand der/s jeweils Potraitierten angemessen zu sein hatte. Im Enträtseln bestanden Aufgabe und Vergnügen. Diese Art Unterhaltungsspiel knüpfte „zwischen Personen ein Netz sich kreuzender Linien. [...] Der kleine Kreis der Portraitierten [...] nahm mit Einspruch oder neuer Nuancierung aufeinander Bezug."[ɛ] „Man suchte mit liebenswürdiger Aufmerksamkeit Rechenschaft über alle Charaktere im Freundeskreis zu geben. Die literarischen Portraits, die La Bryère [bei Mme. de Rambouillet] zu klassischer Vollendung brachte, [waren in den nachfolgenden Salons allgemeines Gesellschaftsspiel.] Somaize schildert [...] [eine Generation später] Maria Mancini [die erste große Liebe Ludwig XIV.] als das Ideal der jungen Dame von Welt: ‚Ich kann sagen, ohne in den Verdacht eines Schmeichlers zu kommen, dass sie die geistreichste Person der Welt ist, der nichts entgeht, die alle guten Bücher gelesen hat, die mit einer Leichtigkeit schreibt, von der man sich keinen Begriff machen kann. Ich möchte hinzuzusetzen wagen, dass ihr der Himmel nicht nur den literarischen Sinn gegeben hat, sondern auch die Gewalt, über die Herzen der mächtigsten Prinzen in Europa zu herrschen.'"[ɛ]

„Es gibt keinen Ort der Welt, wo man mehr gesunden Menschenverstand und weniger pedantisches Wesen antrifft', schrieb der Dichter Jean Chapelain"[5]. Er war neben Voiture, Malherbe, dem Chevalier de Gramont, Jean Louis Guez de Balzac, der Marquise de Sablé, Bruder und Schwester de Scudéry oder dem Intimfeind Tallemant de Réaux eifriger Habitué im Hôtel de Rambouillet. Jener Chapelain, der zusammen mit Guez de Balzac auch gern über die widernatürlichen Frauen hergezogen hat, die ,in der Travestie des Geistes mit ihrer Stellung in der Welt gebrochen hätten'. Allein die Pedanten waren ungern gelitten. Über eine gepflegte Gastlichkeit hinaus verband Mme. de Rambouillet „die Qualitäten des Geistes mit denen des Herzens. [...] [und] pflegte einen regelrechten Kult der Freundschaft."[2] Ebenso wie der Hausumbau erregte es Aufsehen, dass sie ihre Gäste im Alkoven empfing, und auch damit war sie stilbildend.

„Frau von Rambouillet mochte etwa fünfunddreißig Jahre gezählt haben, als sie feststellte, dass die Wärme des Feuers ihr ganz unerklärlich das Blut erhitzte und ihr Schwächeanfälle verursachte. [...] Einige Jahre darauf verursachte ihr die Sonne dieselbe Unpäßlichkeit: [...] Ich habe gesehen, wie sie wegen eines Heizofens, der aus Unachtsamkeit unter ihrem Bett vergessen worden war, die Rose bekam. So war sie denn gezwungen, beinahe immer zu Hause zu bleiben und sich nie zu wärmen. Sie sah sich in die Notwendigkeit gesetzt, von den Spaniern die Erfindung des Alkovens zu übernehmen, der heutzutage in Paris so im Schwange ist. Ihre Gesellschaft ging sich im Vorzimmer wärmen und wenn es friert, bleibt sie auf ihrem Bett, die Beine in einem Sack aus Bärenfell, und sie sagte scherzend wegen der zahlreichen Hauben, die sie im Winter übereinander trägt, am Martinstag werde sie taub und Ostern höre sie wieder."[4] Neben der Innovation des Alkhovens, einem Bett mit Vorhängen, wurde der „Raum vor dem Bett, *la ruelle*, [...] später als

Metapher für die engsten Freunde und zeitweilig als Synonym für die Salons verwandt."[11]

Dichter und Literaten „dienten den Damen als freiwillige Hauslehrer, sie lasen ihnen ihre Werke vor und lieferten Themen für die Konversation. Aber sie konnten aus dem Salon auch vertrieben werden."[1]Corneille schrieb „im Examen de Polyeucte (dessen erste Lesung im Blauen Salon der Madame de Rambouillet stattfand): ‚Wenn ich die Geschichte von David und Bathseba darzustellen hätte, so würde ich nicht beschreiben, wie er sich in sie verliebte, als er sie beim Bade sah, aus Angst davor, dass der Eindruck dieser Nacktheit die Vorstellungskraft des Zuhörers kitzeln könnte, sondern ich würde mich damit begnügen, ihn voll Liebe für sie zu beschreiben, ohne in irgendeiner Weise davon zu sprechen, wie diese Liebe sein Herz ergriffen hatte'"[3]. Dieses eifrige Bemühen, bei den Zuhörern anzukommen, brachte ihm keinen Beifall. Gerade im Hinblick auf seinen „Polyeucte" fühlte er sich so sehr von der Salonrunde kritisiert, dass er sich von ihr zurückzog.

Caterine de Rambouillet liebte es sehr, ihre Freunde zu überraschen und sie am gesundem Menschenverstand zweifeln zu lassen (wir kennen das heute aus dem TV, wenn Menschen sich vor versteckter Kamera in ähnlicher Verwirrung lächerlich machen). Mit großem Aufwand ließ sie Arrangements herrichten, so z. B. für den Grafen von Guiche: Als der abends eine Menge Pilze gegessen hatte, brachte man seinen Kammerdiener dazu, seine Kleider herauszugeben, die alle um vier Finger enger genäht wurden. Am anderen Morgen fühlte sich der Graf, auf Grund der zu engen Kleider, die er verzweifelt alle durchprobiert hatte, stark aufgebläht, was ihm von den anderen, eingeweihten Gästen bestätigt wurde. Bald darauf „entdeckte er, wie ihm schien, irgend etwas Grünliches im Gesicht. […] er begann sich über die vorgeblichen Blähungen zu beunruhigen und sagte unter gezwungenem Lachen: ‚Das wäre doch ein hübsches Ende, mit einundzwanzig zu sterben, weil man Pilze gegessen hat.' [Man beeilte sich, ihm das] ‚Gegengift' aufzuschreiben: ‚Man nehme eine gute Schere und trenne Dein Wams auf.'"[2]

Die Berichte über ihre Art zu scherzen erlauben uns einen Blick auf ihr widersprüchliches Wesen. Einerseits ging ihr die Freundschaft über alles, dennoch führte sie ihre Freunde mit grobianischen Scherzen vor und hielt sie so auf Abstand. Tragisch spiegelt ihr körperliches Leiden diese Ebene noch einmal. „Sie sagte, sie wünsche sich nichts sehnlicher, als sich nach Herzenslust wärmen zu können."[2] So war sie von einer unstillbaren Sehnsucht nach Wärme (Nähe) erfüllt, die unerreichbar für sie war, weil sie deren Erfüllung, wegen ihrer „Unpässlichkeit", nicht realisieren konnte.

---

[1] Baader, Renate: Heroinen der Literatur. Die französische Salonkultur im 17. Jahrhundert, in: Baumgärtel, Bettina u. Neysters, Silvia (Hrsg.): Die Galerie der Starken Frauen. München 1995

[2] Gleichen-Russwurm, Alexander von: Das galante Europa. Geselligkeit der grossen Welt 1600-1789. Stuttgart 1910

[3] Heyden-Rynsch, Verene von der: Europäische Salons. Höhepunkte einer versunkenen weiblichen Kultur. München 1992

[4] Tallemant des Réaux, Gedeon: Salongeschichten. Zürich 1996

[5] Tornius, Valerian: Salons. Bilder gesellschaftlicher Kultur aus fünf Jahrhunderten. Berlin 1925

[6] Chronik Verlag: Die Chronik der Frauen. Gütersloh 1997

[7] Voiture et les originés de l´Hotel de Rambouillet, Paris MCM XI, Chartre, 1911

[8] Larosse Encyclopédie XXs. Bd. 5. Paris, 1933

[9] Zimmermann, Margarete und Böhm, Roswitha (Hrsg.): Französische Frauen der Frühen Neuzeit. Darmstadt 1999

[10] Schmölders, Claudia (Hrsg.): Die Kunst des Gesprächs. Texte zur Geschichte der europäischen Konversationstheorie. München 1979

[11] Lund, Hannah: Die ganze Welt auf ihrem Sopha Frauen in europäischen Salons. Berlin 2004

[12] http://commons.wikimedia.org/wiki/File:Mme_de_Rambouillet.jpg

[13] http://www.la-litterature.com/dsp/dsp_display.asp?NomPage=3_17s_019_salons

Madeleine de Scudéry

Madeleine de Scudéry, *1607 †1701, wurde in Le Havre als Tochter mittelloser Adeliger geboren. Ihre Vorfahren sollen italienischer Abstammung gewesen sein (Sizilien: Scudieri). Nachdem sie in frühen Jahren ihre Eltern verloren hatte (sie und ihr sechs Jahre älterer Bruder wurden von einem Onkel in Rouen aufgenommen), schloss sich Madeleine

> *„Ihr Geheimnis ist: Immer gehoben von niederen Sachen reden, ziemlich einfach von den erhabenen und sehr galant von den galanten, ohne Nachdruck, ohne Künstelei."*

Madeleine de Scudéry
(Künstler unbekannt)
Bild zit. n. Kuhn[7]

später ihrem Bruder an, dem Dramatiker Georges de Scudéry, „der auch ‚Le Capitant' genannt wurde, weil er [...] [in seinen Büchern] soviel Blut der Bösen vergoß."[4] 1639 zog sie zu ihm nach Paris, wo er sie in den Salon Rambouillet einführte. Sie veröffentlichte, zunächst unter seinem Namen, eine Serie erfolgreicher, in ganz Europa gelesener, galanter (Schlüssel-) Romane und lebte, bis sie 48 Jahre alt war (1655), mit ihm zusammen, was für sie auch eine persönliche Lösung war, ihr Ideal der „weltlichen Ehelosigkeit" zu verwirklichen (Georges wurde nach dem Ende der Fronde in die Normandie verbannt).

„Von einigen Protagonistinnen ihrer Binnennovellen, vor allem von Sappho (‚Cyrus‘, Bd. 10), läßt [Mlle. de Scudéry] die Gründe für einen Eheverzicht differenziert darlegen. Es ist die […] Verbindung von Freundschaft, Kultur und Gespräch, in der weibliche Subjektwerdung bis ins Alter gesichert ist und die, als den Frauen bislang verschlossene, unentfremdete und selbstbestimmte Existenz, den verständlichen Reiz des Neulands hatte. Die gültige Norm weiblicher Schicklichkeit verlangte freilich den Verzicht auf die erotische Erfüllung. Dem liebenden Mann ist es aufgegeben, in asketischer Selbstbindung, sich in Heiratsverweigerung und ein ‚unbegehrliches Lieben‘ zu fügen und mit dem geheimen Triumph des ‚verborgenen Liebhabers‘ sich zu bescheiden, um dergestalt die auf der Frau lastenden Gebote und Beschränkungen mitzutragen.“[3] Die Bandbreite der damit verbundenen neuen Gefühle musste wahrnehmbar und erlebbar gemacht werden und das geschah durch die Benennung und Festschreibung in der „Carte de Tendre“ (Seite 65). Scudéry ermutigte andere Frauen, sich von Schein-Werten wie Jugend oder Schönheit zu befreien. „‚Man würde mehr die Einbildungskraft der Dichter als Deine Schönheit bewundern …‘ Mit solchen Sätzen ermutigte Sappho [Scudérys Salonname] ihre […] [Schülerinnen] dazu, sich von der Unsicherheit und ‚falschen Scham‘ ihres Geschlechts zu befreien und selbst zu schreiben.“[3]

Gédéon Tallemant de Réaux klatscht über Scudéry und ihren Bruder in seinen „Salongeschichten“: „Dieser Narr hegte die lächerlichste Eifersucht der Welt für seine Schwester, manchmal schloss er sie ein und wollte nicht leiden, dass man sie besuchte. Sie war von wunderlicher Geduld, und es fällt mir schwer zu begreifen, wie sie hat schreiben können, was sie schrieb, denn obgleich an den Abenteuern nicht viel dran ist, gibt es doch eine hübsche Moral in ihren Romanen, und die Leidenschaften sind darin gut getroffen; ich kenne sogar, von einigen Künsteleien abgesehen, keine besseren Beschreibungen.

[…] [Sie] besitzt mehr Geist als er und ist weitaus vernünftiger. Sie ist aber nicht weniger eitel. Sie sagt immer: ‚Seit dem Untergang unseres Hauses.‘ Man könnte glauben, sie spreche von der Zerstörung des Griechenreichs. Schönheit besitzt sie keine. Sie ist eine große magere Person mit dunklem Haar und einem sehr langen Gesicht. In ihren Gesprächen ist sie weitschweifig und ihre Stimme hat einen schulmeisterlichen Ton, der in keiner Weise angenehm ist.“[1]

Von 1649 bis 1653 schrieb sie *„Artamène ou le grand Cyrus“*, zehn Bände eines mit antiken Namen verschlüsselten Porträts der Gesellschaft des Hôtel de Rambouillet. Der Roman hatte Leitfunktion für galante Geselligkeiten. „Zeitgleich zirkulierten Schlüssel, über die man die Vorbilder der Portraits und der Protagonisten in den zahlreichen Binnenerzählungen zu identifizieren hoffte. Mlle. de Scudéry hat dies durch Detailveränderungen, chronologische Umsetzungen oder Faktenkontaminationen erschwert, aus dem Gebot der Vorsicht, aber auch, um den Reiz des dechiffrierenden Lesens zu erhöhen. Mit wachsender Uneindeutigkeit nahm das Vergnügen an dem Verwirrspiel zu. Der Roman wurde zum Rätsel, zum ‚jeu d‘ esprit‘, die Lektüre zu dessen Lösung, der Leser dem Autor ebenbürtig.“[3] Zwischen 1654 und 1660 erschien ihr zehnbändiger Roman „*Clélie*“. Sie muss mit diesen Romanen den Zeitgeist getroffen haben, denn z. B. „*Le grand Cyrus*“ erreichte eine Auflagenhöhe wie die Bibel. Es gab für die Bücher Ausleihstellen, damit der Inhalt jedem zugänglich werden konnte. Mit diesem Erfolg und ihren emanzipatorischen Bestrebungen „verdiente“ sie sich, wie aus den Zitaten deutlich wird, den Neid nicht nur der Zeitgenossen. Auch spätere Autoren blicken noch immer voller Häme auf sie. Begründet liegt das sicher mit in dem Scudéryschen Ansatz der „weltlichen Ehelosigkeit".

Schon 1649 übernahm sie in den *samedis*, ihrem im Pariser Stadtteil Marais unterhaltenen Salon, das Préziösenideal und baute es systematisch aus. Gleichen-Russwurm schreibt über die bei ihr einsetzende Verschiebung des Salonideals der Rambouillet: „Ihre eigentliche Erbschaft wollte Fräulein von Scudéry antreten, aber die Samstage Sapphos, wie man diesen Empfang nannte, waren zu literarisch, um die große Welt anzuziehen. Weniger aristokratisch als die *chambre bleue* zeigte sich dieser neue Salon, dessen Mitglieder nicht von den grandes dames des ancien régime feine Manieren und süße Komplimente lernten, sondern mit gelehrter Pedanterie alle zarten Schwingungen der Liebe mit Definitionen und Allegorien feststeckten, wie man Schmetterlinge in einer Sammlung verwahrt. Mademoiselle Bocquet, die aus kleiner Bürgerfamilie stammte, spielte die Laute, Mademoiselle Dupré hielt Vorträge über Philosophie, die gelehrten Frauen schwärmten von allen Wissenschaften und ihren Propheten.

Man teilte das Land der Zärtlichkeiten – le pays du tendre – in Provinzen und gab jedem Gefühl, ja jedem Gefühlchen seinen genau bestimmten geografischen Namen und Platz."[2] Auch Tallemant de Réaux krittelt: „Jene Karte des Landes der Zärtlichkeit, die auf den Rat des Herrn Chapelain in die ‚Clélie' aufgenommen wurde, stammte von der Hand des Fräuleins von Scudéry, nach dem zu urteilen, was sie zu Pelisson sagte, dass er nämlich noch nicht so weit sei, zu ihren ‚zärtliche Freunden' zu zählen. [...] Man kann sagen, dass Fräulein von Scudéry ebenso sehr die elende Art, sich auszudrücken, eingeführt hat wie lange Zeit niemand zuvor"[1]

Madeleine de Scudéry schrieb in dem umfangreichen Roman-werk „*Clélie*" eine über das damalige Verständnis hinausgehende, große Bandbreite von zärtlichen Empfindungen zwischen Frauen und Männern fest, die dann, nach Diskussion und Erprobung, real wurden. Dieses preziöse Bestreben hat seine Auswirkungen bis in unsere Zeit, nämlich das Wahrnehmbarmachen von diffe-renzierten zwischenmenschlichen Gefühlen. Die galt es damals, nach den jahrzehntelangen Religionskriegen, neu oder über-haupt erst zu entdecken. Gewöhnliche Worte schienen dafür zu grob oder nicht ausdrucksstark genug. Die Bandbreite der neuen Gefühle sollte, über Worte hinaus, wahrnehmbar und erlebbar gemacht werden und das geschah durch die Benennung und Festschreibung in der „*Carte de Tendre*".

Zur Entstehung der Carte schreibt Franziska Hupe: „Man geht heute davon aus, dass Mademoiselle de Scudéry die Idee einer Karte mit Dörfern und Flüssen von einem italienischen Werk ‚Mundus alter et idem' adoptierte, welches im 17. Jahrhundert von einem Engländer geschrieben wurde (vgl. Aronson, 226). Andere Historiker behaupten, dass man 1650 in ‚Poesies' von Le Moyne mit der ‚Ile de Pureté' eine erste Idee zur Karte fin-det oder weisen auf ähnliche Karten hin, die vor der ‚Carte du Tendre' erschienen sind (vgl. Aronson, 226) [...] Die ‚Carte du Tendre' ist eine Karte eines imaginären Landes, welches sich ‚Tendre' [Zärtlichkeit] nennt. Dieses Land ähnelt in seiner äu-ßeren Form ein wenig der Form Frankreichs (vgl. Baader, 248), was sicherlich einer besseren Identifikation mit der Karte die-nen sollte. Auf der Karte findet man verschiedene Dörfer und Wege, die die verschiedenen Etappen einer Liebe symbolisieren sollen, von denen man im 17. Jahrhundert ausging. Sie soll ver-anschaulichen auf welchen Wegen ein Liebender das Herz seiner auserwählten Frau erobern soll. ‚Tendre' ist so der Name des Landes, aber auch seiner drei Hauptstädte. So kennt die Karte

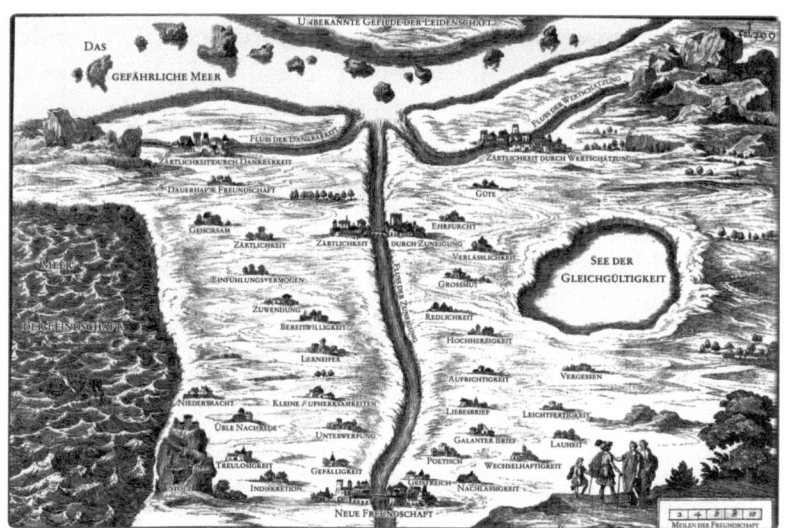

La Carte de Tendre, 17. Jahrhundert. Kupferstich
Abb. überarbeitet und übersetzt von A. Eske

drei verschiedene Arten von ‚Tendresse': ‚La tendresse d' inclination' [Zuneigung], ‚la tendresse d' estime' [Wertschätzung] und ‚la tendresse de reconnaissance' [Dankbarkeit]. Sie werden von den drei Hauptstädten auf der Karte repräsentiert: ‚Tendresur-Inclination' [Zärtlichkeit durch Zuneigung], ‚Tendre-surEstime' [Zärtlichkeit durch Wertschätzung] und ‚Tendre-surReconnaissance' [Zärtlichkeit durch Dankbarkeit]. Diese drei verschiedenen Ausprägungen der Zärtlichkeit erwarten den Liebenden, wenn er den vorgeschriebenen Stufen folgt und die Städte erreicht (vgl. Baader, 248). Die verschiedenen Distanzen auf der Karte werden in ‚Lieus d' Amitié' [Meilen der Freundschaft] gemessen."[9]

Beispielhaft für dies Bestreben, die Skala der Gefühle zu erweitern, beschrieb Madeleine de Scudéry ihre eigenen Gefühle für den Dichter Pellison und verarbeitete sie literarisch.

„"Liebesfreundschaft' oder ‚zärtliche Freundschaft' verbindet ein solches Paar, die ‚amitié tendre' eben. [...] Die ‚*Carte de Tendre*' weist dem Liebenden den Weg zu jener Tendresse [...] Wo nicht der breite Strom der Zuneigung zu dem Göttergeschenk der natürlichen Tendresse führt, krönen Wertschätzung (‚estime') oder Dank einen bewussten und willentlichen Aufstieg des Mannes über die topographischen Haltepunkte der Bewährung, die zugleich eine zeitliche ist. Die ‚amitié tendre' schließt, neben den orientierenden Regulativen für die Liebenden, ausdrücklich alle Momente einer ritterlich-aristokratischen und cartesianisch-rationalistischen Ethik ein. [...] Diese Trias der Vollendung – ‚estime'/‚amitié tendre'/‚amour parfaite' – ist auch Bedingung für das eheliche Glück eines Paares."[3]

Das Kapitel „*La Carte de tendre*", samt eingefügter Landkarte mit topographischen Bezeichnungen, wurde zur idealen Liebeslandschaft aller gebildeten Französinnen. Die gefühlsbeschreibenden Begriffe sind uns heute noch geläufig. Als Zuspitzung dieser Sprachbewegung wurden aber auch Metaphern hervorgebracht, die nur Insider verstehen konnten: Die gewöhnliche Nase wurde zur „Schleuse des Gehirns", die Füße waren „die armen Dulder" oder die „lieben Leidenden" und graue Haare „die Quittung der Liebe". Augen erschienen als „Spiegel der Seele" und Brüste als „Liebeskissen". Dieses „die Dinge nicht mehr beim Namen nennen" hatte Auswirkungen auf die französische Sprache. Es haben sich bis heute viele zusammengesetzte Wörter erhalten. Als Beispiel hier: Pellkartoffeln = pommes de terre en robe de chambre.

Nicht nur mit den zwischenmenschlichen Gefühlen hat Madeleine de Scudéry sich auseinandergesetzt, sondern auch mit der Konversation, die sie regelmäßig samstags in ihrem Salon pflegte. In „*Conversations sur divers sujets*" schreibt sie: „Die Konversation ist das gesellschaftliche Band aller Menschen, das größte Vergnügen der Leute von Anstand und das geläufigste

Mittel, nicht nur die Höflichkeit in die Welt einzuführen, sondern auch die reinste Moral, die Liebe zum Ruhm und zur Tugend. Und deshalb scheint mir, sagte *Cilenie*, daß sich unsere Gesellschaft nicht angenehmer und nützlicher unterhalten kann, als indem sie untersucht, was denn das eigentlich ist, was man Konversation heißt. […] Also ich, sagte *Amithone*, muss gestehen, dass ich ganz gern Regeln für die Konversation hätte, so wie es für viele andere Dinge ja auch Regeln gibt. Die Hauptregel, antwortete *Valerie*, lautet: Sage niemals etwas, das gegen den Takt verstößt. Aber, setzte *Nicanor* hinzu, ich würde gern genauer wissen, wie Ihr Euch die rechte Konversation vorstellt. Ich finde, nahm sie wieder das Wort, daß die Konversation ganz allgemein öfter von alltäglichen und galanten als von großen Dingen handeln sollte. Aber trotzdem denke ich, gibt es kein Thema, das in ihr nicht zugelassen wäre. Die Konversation sollte frei und voller Abwechslung sein, der Zeit, dem Ort und den Personen gemäß, mit denen man zusammen ist. Ihr Geheimnis ist: Immer gehober von niederen Sachen reden, ziemlich einfach von den erhabenen und sehr galant von den galanten, ohne Nachdruck, ohne Künstelei. Obgleich also die Konversation immer gleichermaßen natürlich und vernünftig sein soll, möchte ich doch darauf beharren, dass gelegentlich auch die Wissenschaften Eingang finden können, mit Maßen natürlich; dass auch für gefällige Scherze Platz ist, vorausgesetzt, sie sind angemessen, bescheiden und galant. Um also vernünftig zu reden, kann man ganz offen sagen, dass sich in der Konversation alles sagen lässt, gesetzt, man hat Geist und Takt und bedenkt gut, wo man ist, mit wem man redet und wer man selber ist. Und obwohl der Takt absolut unentbehrlich ist, um niemals etwas deplaziertes zu sagen, muss die Konversation dennoch so frei aussehen, als ob sie auch nicht den geringsten Gedanken zurückweise, als ob man alles sage, was einem die Phantasie eingibt, ohne irgendeinen Vorsatz, man wolle lieber von der einen Sache reden als von einer anderen. ...; kurz und gut, dass man seinen Geist nach den Dingen richte, über die man spricht, und nach den Leuten, die man damit unterhalten will. In diesem Verstande also, möchte ich, dass man niemals wisse, was man sagen wird, und trotzdem immer genau weiß, was man sagt. [...] Aber außer alldem, was ich bisher gesagt habe, möchte ich noch, dass im ganzen eine fröhliche Stimmung herrsche, nicht die Torheit der ewigen Lacher, die so viel Lärm um nichts machen, sondern eine Fröhlichkeit, die jedem aus der Gesellschaft ans Herz gehen soll, eine Disposition, sich mit allem zu unterhalten und sich bei nichts zu langweilen. Und ich will, daß man von großen wie von kleinen Dingen rede, vorausgesetzt, die Rede ist gut, und daß man ohne jeglichen Zwang nur von dem redet, davon eben die Rede sein soll."[10]

Madeleine de Scudéry war die Hauptzielscheibe von Kritik und Häme. Ihr zehnbändiges Romanwerk „Clélie" soll Anlass für Molière gewesen sein, sein Spottstück „*Les précieuses ridicules*"[6] zu schreiben. Dargestellt auf dem zeitgenössischen Stich ist eine Szene aus Molières „*Précieuses*": Zwei als Adelige verkleidete Diener machen zwei jungen Damen, die gerade vom Land nach Paris gekommen sind, auf gezierte Weise den Hof. Die beiden Damen hatten sich vorher über zwei ehrenwerte Freier lustig gemacht, die ihrer Meinung nach nicht „précieus" genug waren, und diese abgeblitzten Freier rächen sich jetzt durch ihre, sie stellvertretenden Diener. Bei einem improvisierten Tanzvergnügen kommt der ganze Schwindel ans Licht und die Damen, die den Schaden haben, brauchen für den Spott nicht zu sorgen.

Bei der Uraufführung des Stückes in Paris soll ein alter Herr begeistert aus dem Parkett gerufen haben: „Mut, Molière! Endlich einmal eine echte Komödie!" Am nächsten Tag fiel dann, angeblich wegen Zensur, die Vorstellung aus. Molière soll das Manuskript zum König in die Pyrenäen geschickt und von ihm die Freigabe erreicht haben. Das dürfte dem König nicht besonders schwer gefallen sein, macht doch das Stück eine Institution lächerlich, die dem Hof seine kulturelle Geltung genommen hatte. Als am zweiten Dezember weitergespielt werden „durfte", waren die Eintrittspreise auf das Doppelte erhöht. Die Geschädigten waren die précieusen Salons.

17. Jh.: Les précieuses ridicules. Kupferstich. (Künstler unbekannt) Bild im Eigenbesitz

Nach dem Tode Mazarins hatte der junge Ludwig XIV. das Regiment absolut übernommen. Inzwischen volljährig geworden, versuchte er systematisch den Hof wieder zum Zentrum der Pariser Geselligkeit auszubauen, denn dieser „Hof des Grand Siècle blickte irritiert und misstrauisch auf die sich ihm entziehende Kulturgesellschaft in den précieusen Salons. [...]

Gegenüber dem Elan dieses von Jugendlichkeit strotzenden Hofes erschien das Précieusentum verstaubt. [...] [Mit jungen Adeligen seiner] eleganten Clique"[2], zog Ludwig durch Paris und mischte die Stadt auf. Die neuen Schlagworte hießen „Bon sens" und „naturel". Die metaphernreiche Sprache und das, gegenüber dieser neuen Bewegung, zierlich und gekünstelt wirkende Verhalten hatten sich überlebt. Die Salons hatten sich verändert. In ihnen wurde das précieuse Lebensideal durch den „esprit" abgelöst. Eine der Salonièren dieser „neuen Zeit" war Ninon de Lenclos, bei der Molière sein Stück *„Les précieuses ridicules"* Probe las.

Seit gut 300 Jahren werden die Preziösen so einseitig verurteilt, dass ihre Verdienste dahinter verschwinden:

1. Ihnen wurde vorgeworfen, dass sie Jagd auf schlüpfrige oder obszöne Worte machten, zierliche Umgangsformen entwickelten oder sämtliche Ausdrücke, die „gemeine physiologische Realitäten" evozierten (z. B. crotter – beschmutzen, lavement – Einlauf) verurteilten.

2. Am Wendepunkt des 17. Jahrhunderts soll ihr Fehler gewesen sein, dem „alten Stil" den Krieg zu erklären. Sie selber hielten sich dies zugute, indem sie pedantische, veraltete und technische Wörter verwarfen. Sie waren auf der Suche nach einer glücklichen und echten Spontaneität.

3. Als eine Erscheinungsform der feministischen Bewegung nahmen sie auch die gesellschaftliche und sexuelle Versklavung der Frau ins Visier, was ihnen sicher nicht die Zustimmung der Zeitgenossen einbrachte. „Man heiratet um zu hassen. Deshalb darf ein richtiger Liebhaber nie von Heirat sprechen" (Scudéry). Was die Mutterschaft betrifft, diese „Wassersucht der Liebe", so machten die Précieusen zu deren Verhütung den Vorschlag, die Ehe von Amts wegen bei der Geburt des ersten Kindes aufzulösen, dieses dem Vater zu überlassen und der Mutter dafür eine Prämie in Bargeld zu zahlen.

4. Zusätzlich entstanden ihnen mächtige Feinde unter den Fachgelehrten der Universitäten, den „pédants", denn die Précieusen forderten, stellvertretend für alle Frauen, die Weitergabe und Verbreitung von Wissen, weil Emanzipation nicht ohne Bildung möglich ist, was sie beides immer im Zusammenhang gesehen haben. Die Vorstellungen und Forderungen der Précieusen, „in einem einzigen Buch alle Geheimnisse der Kunst und Natur" verständlich zu machen, kam zu früh. Es war ein enzyklopädisches Ansinnen, das seiner Zeit vorausgedacht war und erst ein Jahrhundert später konkretisiert werden sollte, nahm aber gleichzeitig den pédants ihre Vorrangstellung. Deren gehässige Kampagnen zeigen bis heute Wirkung. Selbst mit dem großen zeitlichen Abstand können wir uns die Précieusen ohne diesen Beigeschmack von Lächerlichkeit nicht vorstellen.

5. Der Überwindung von Inegalität zwischen Frauen und Männern, die im Zentrum des Précieusentums stand, wurde durch die männlich-bürgerliche Aufklärung ein Ende gemacht „im Namen einer mythisch beschworenen Weiblichkeit"[3], die das Bildungsgefälle zwischen Frauen und Männern noch auf lange Zeit festigen sollte.

Allen Verunglimpfungen zum Trotz ist Madeleine de Scudéry, im Rückblick auf die französischen Salonièren, doch diejenige, die das weitreichendste Potential für emanzipatorische gesellschaftliche Veränderung in Gang setzte.

E. T. A. Hoffmann, der ihr später ein Denkmal in seinem Buch *„Das Fräulein von Scuderi"* gesetzt hat, geht jedoch auf ihr Wirken als Salonière nicht ein.

[1] Tallenant des Réaux, Gédéon (1996): Salongeschichten, Zürich
[2] Gleichen-Russwurm, Alexander von (1910): Das galante Europa, Stuttgart
[3] Baader, Renate (1995): Heroinen der Literatur. Die französische Salonkultur im 17. Jahrhundert, in: Baumgärtel, Bettina u. Neysters, Silvia (Hrsg.): Galerie der Starken Frauen, Berlin
[4] Chiappe, Jear-François: Die berühmten Frauen der Welt von A-Z, Gütersloh o. J.
[5] Zimmermann, Margarete u. Roswitha Böhm (Hrsg. ,1999): Französische Frauen der Frühen Neuzeit, Primus Verlag
[6] Canal, Denis A. (Hrsg., 1990): Molière Les Précieuses ridicules. Classiques Larousse, Larousse
[7] Kuhn, Annette (Hrsg., 1992): Chronik der Frauen. Chronik Verlag
[8] Madeleine de Scudéry (1668): Conversations sur divers sujets
[9] Hupe, Franziska (Hausarbeit 2007): La Carte du Tendre und die Liebeskonzeption bei „Madame de Lafayette" von Madame de Scudéry. http://www.grin.com/de/
[10] Schmölders, Claudia (1979): Die Kunst des Gesprächs. Texte zur Geschichte der europäischen Konversationstheorie. DTV München

Ninon de Lenclos

Ninon de Lenclos (eigentlich Anne de Lenclos), *ca. 1616 †1706. „Ach, wie bewundernswert waren Sie, meine Liebe! Welcher Wuchs voll Adel, Anmut und Üppigkeit! Welche göttlichen Reize, welche sieghaften Vorzüge, in der gleichen Frau vereinigt! Ihrem Gesicht mangelte ein wenig die Regelmäßigkeit; aber der

„Zum faszinierendsten Feuer hat sich der Esprit im Salon der Ninon de Lenclos entwickelt; hier fand er eine Stätte, wo er sich ungehindert aufschwingen konnte, hier war sein Flügelschlag nach keiner Seite hin gehemmt."

Ninon de Lenclos.
(Künstler unbekannt)
Bild zit. n. Saint-Simon[3]

Beobachter konnte darin Annehmlichkeiten aller Art entdecken, Feinheiten, um deren willen man ihm vor den korrektesten und blendendsten Angesichtern den Vorzug gab. Ihr Teint war weiß, Ihre Haut zart und glatt, Ihr Bein von eleganter Form und großer Feinheit. Sie hatten kastanienbraunes Haar von wunderbarer Fülle. Ihre Augenbrauen standen hübsch voneinander, Ihre Wimpern waren lang. Und was hatten sie noch, teure Ninon? Große schwarze Augen von rührendem Ausdruck, eine wohlgeformte

Nase, kirschrote Lippen, ein mit Grübchen geschmücktes Kinn, einen hübschen Mund und ein süßes Lächeln; schöne Zähne, schöne Arme, schöne Hände, einen zu Herzen gehenden Klang der Stimme, einen zugleich offenen, stolzen und zärtlichen Gesichtsausdruck; eine muntere, manierliche und anständige Miene; viel Lieblichkeit des Charakters, Anmut in allen Bewegungen und Esprit gleich einem Engel."² schreibt der Dichter Charles de Saint-Évremond, inzwischen 72 Jahre alt, an seine Freundin Ninon de Lenclos am 26. August 1685 aus London.

Um Ninon de Lenclos rankt sich ein Mythos, an dem sie sicher nicht ganz unschuldig ist. Das fängt mit dem Tag ihrer Geburt an, der entweder „im Jahr der Gnade 1612"² oder am 15. Mai 1616, vielleicht aber auch am 10. November 1620 gewesen sein soll. „Ihr Bild, das die Nachwelt in der Erinnerung festhält, entspricht nicht im geringsten der Wirklichkeit."⁴ Der Herzog von Saint-Simon schreibt in seinen Erinnerungen: „Ninon, die einst berühmte Kurtisane, welche später, als sie aus Altersgründen ihren Beruf aufgegeben hatte, als Fräulein von Lenclos bekannt wurde, war ein neuerliches Beispiel für den Triumph des Lasters, wenn dieses nur geistvoll betrieben und durch irgend eine Tugend wieder aufgewogen wird."³
„Zu einem Vampyr in Menschengestalt hat die Phantasie, haben vor allem klatschsüchtige Matronen und eifernde Moralisten diese Frau gemacht."⁴ Im Lexikon wird sie als „französische Kurtisane" geführt, ihre Mutter, die aus der bekannten Familie Abra de Raconis kam, soll eine fromme Frau gewesen sein, ihr Vater, ein Edelmann aus der Touraine, dagegen ein Lebemann. „Herr von Lenclos, der unter der Regierung Heinrichs IV. und Ludwigs XIII. gedient hatte, galt für einen der tapfersten Soldaten seiner Zeit. Luxuriös erzogen, füllten ihm Lieben, Essen und Trinken die Zeit aus, welche sein Waffenhandwerk nicht in Anspruch nahm. Er war von lebhaftem Charakter und mischte sich

gern in allerhand Intrigen. […] Frau von Lenclos war ziemlich beschränkt; sie hatte ein gewöhnliches Gesicht und ein schüchternes Wesen; sie lebte gottergeben und sehr zurückgezogen."[5] Ninon ließ sich nicht auf die traditionelle Frauenrolle festlegen, obwohl ihre Mutter dies viele Jahre versuchte. „Man hat unser Geschlecht mit allem Leichtfertigen bedacht, und die Männer haben sich das Recht auf die wirklich wichtigen Eigenschaften vorbehalten; seit diesem Augenblick habe ich mich zum Mann gemacht", war eine ihrer Einsichten.

Unterstützung fand sie viel eher bei ihrem Vater. Auf seinen Rat hin las sie schon mit 13 Jahren Montaigne. Daraus ergab sich für sie eine weitere Erkenntnis: „Die Religionen sind nichts als Einbildung. Es ist nichts Wahres dran." Ihr Vater hatte große Sorge „seine Tochter zu einer liebenswürdigen und in die Gesellschaft passenden Person zu erziehen. Sein Augenmerk war darauf gerichtet, ihren Geist auszubilden und ihre Talente zu pflegen. Er gewöhnte sie frühzeitig daran, ein gesundes Urteil zu haben und sich gewisse Lebensanschauungen anzueignen. Seine Tochter war so glücklich veranlagt, um aus seinen Ratschlägen und Bemühungen Nutzen ziehen zu können. […] Sie blieb ihren Prinzipien indessen nicht immer treu. Mitten in ihrem Lebenslauf zog sie sich in ein Kloster zurück. […] Nach einiger Zeit der Zurückgezogenheit kam sie wieder in die Gesellschaft und benahm sich dort wie früher."[5] Man erzählte sich, dass ihr Vater, als Ninon noch klein war, im Duell Chaban getötet habe. Er soll ihn mit dem Degen durchbohrt haben, als jener seinen Fuß noch am Wagenschlag hatte. Das konnte als Mord gelten und so musste Lenclos Frankreich verlassen. Ninon wuchs in seiner Abwesenheit auf, und war oft bei den Damen der Nachbarschaft, da das Mädchen „lebhaften Geistes war, gut Laute spielte und vortrefflich tanzte, besonders die Sarabande."[3] In seinem Roman über sie schreibt Mirecourt jedoch, dass ihr Vater wegen der ständigen Kriege im Feldlager zurückgehalten, sie zu seiner Schwester, der Baronin von Montaigu in die Nähe von Loches brachte, wo sie, durch ihn bestärkt, „wilder als mancher Knabe, in Jungenkleidern heranwuchs."[2] Ihre Mutter starb 1680, als Ninon 14 Jahre alt war. „Obgleich die Tochter nicht immer ihren Weisungen gefolgt war, hatte sie doch sehr an der Mutter gehangen. Die lebhafte Trauer über den Tod der Mutter war Beweis ihrer kindlichen Gefühle."[5]

„Herr von Lenclos überlebte seine Frau nur um ein Jahr. Auf dem Totenbett ließ er die Tochter zu sich kommen und richtete an sie folgende Worte [...] ‚Meine Tochter [...] du siehst, alles, was mir in diesem letzten Augenblick übrig bleibt, ist nur eine traurige Erinnerung an die Freuden, die mich jetzt verlassen. Ihr Besitz war nicht von Dauer, und das allein ist es, worüber ich mich bei der Natur beklagen könnte. [...] Du, mein Kind, die du mich noch um viele Jahre überleben wirst, nütze sobald als möglich deine kostbare Zeit und mach dir weniger Skrupel über die Zahl als über die Wahl deiner Vergnügungen.'

Mit sechzehn Jahren war Fräulein von Lenclos ihre eigene Herrin. Ihr Vermögen war nicht beträchtlich; der Vater hatte einen großen Teil davon verschwendet, aber sie ordnete ihre Verhältnisse so klug, dass ihr immer noch acht- bis zehntausend Franken Rente verblieben. Ihre Freiheitsliebe ließ sie an keine Ehe denken. Sie erwarb duch jährliche Teilzahlungen ein Haus auf Lebenszeit in der Rue des Tournelles au Marais. Ein anderes besaß sie in Piepusse bei Paris, wo sie den Herbst zubrachte. Ihre Ausgaben regelte sie so, dass sie immer ein Jahreseinkommen beiseite legte, um im Notfall ihren Freunden Hilfe zu leisten."[5]

Saint-Estienne sei der Erste, der ihr den Hof gemacht habe. Danach habe sich der Chevalier von Rahé in sie verliebt. Als Coulon sein Glück versuchte, hätten alle sogenannten ehrbaren Frauen es unterlassen, Ninon zu besuchen. Daraufhin habe Coulon sie ganz offen ausgehalten. Er gab ihr acht oder neun Jahre lang, bis 1650, fünfhundert Pfund im Monat, obwohl

„es zwischen ihnen bald zu Unstimmigkeiten kam."[4] Zu ihren Liebhabern zählten der Große Condé und Coligny. Auch der Gatte und der Sohn von Madame de Sevigné, der Gatte von Mme. de Rambouillet, d' Albret, Villars und Brancas. Als sie ein Kind geboren hatte, ließ sie zwei der in Frage kommenden Väter, den Abt d' Effiat und den Marschall d' Estrées, um das Kind würfeln.

Trotz ihrer unzähligen Liebschaften war Ninon in der Gesellschaft angesehen. „Die Achtung, die sie genoss, ging so weit, dass, wenn der Große Condé ihr begegnete, er seine Karosse halten ließ und an den Schlag der ihrigen trat. [...] Ohne Zweifel besaß der große Prinz für die Liebe nicht die gleichen Talente wie in der militärischen Kunst, denn als er ihr eines Tages seine Leidenschaft ausdrücken wollte, rief sie: ‚Ach, mein Prinz, wie stark müssen Sie sein!' Das war eine Anspielung auf das lateinische Sprichwort: Vir pilosus aut libidinosus aut fortis (Ein behaarter Mann ist entweder wollüstig oder stark (tapfer). ...) Die Schätzung, die er ihr immer bewahrte, gereichte ihr um so mehr zur Ehre, als der Prinz nach dem Zeugnis der Frau von Sévigné so leicht den Frauen keine Komplimente machte."[5]

Ihre Liebhaber teilte sie „in drei Klassen ein [...]: die Zahler, an denen sie kaum Anteil nahm und die sie nur so lange duldete, bis sie genug besaß, sich ihrer zu entschlagen; die Märtyrer und die Günstlinge. [...] Sie verkauft ihren hübschen Körper an die ‚Zahler' – wie sie sagt – , niemals leiht sie ihn an ‚Märtyrer' aus, und sie gibt ihn immer ihren ‚Lieblingen'. "[1] „Nie hatte Ninon mehr als einen Geliebten zur gleichen Zeit, stets aber ein Heer von Bewunderern, und wenn sie dessen, der grade ihre Gunst besaß, überdrüssig war, sagte sie es ihm ganz offen und nahm einen anderen. Umsonst jammerte und flehte der abgesetzte Liebhaber: Ninons Spruch war unwiderruflich, und sie hatte eine solche Macht, dass er nicht gewagt hätte, mit dem zu hadern, der ihn verdrängte, und nur zu froh war, künftighin noch als ein Freund des Hauses betrachtet zu werden. Manch-mal hielt sie einem Geliebten, an dem ihr besonders viel lag, einen ganzen Feldzug lang die Treue. Zu den Glücklichen, die so ausgezeichnet wurden, wollte auch La Chastre gerne gehö-ren, als er im Begriff stand, zur Armee abzureisen. Offenbar wollte ihm Ninon ein klares Versprechen geben, und er war dumm genug – er war es in der Tat sehr, und entsprechend von sich eingenommen –, es auch noch schriftlich zu verlangen; sie erfüllte ihm seinen Wunsch. Er trug dieses Billet bei sich und prahlte damit. Das Versprechen des Billets wurde schlecht gehalten, und jedes Mal, wenn sie sich dagegen verging, rief sie aus: ,Oh, la Chastres armes Billet!' Ihr Augenblicklicher fragte sie schließlich, was das bedeuten solle. Sie erklärte es ihm; er erzählte es weiter, und allenthalben, sogar in der Armee, wo er Dienst tat, lachte man über La Chastre. [...]

Sie hatte einen Sohn von Meret und einen von Miossens. [...] Villarseaux sei der letzte Liebhaber gewesen, den sie gehabt habe. Sie hatte zwei Kinder von ihm, und man sagte: ,Sie wird alt, sie wird beständig'. Sie mochte dreißig Jahre alt sein."[3] „Ihr Verhältnis mit dem Maquis de Villarceaux führt [später] zu ei-nem Drama [an anderer Stelle ist zu lesen, dass es der Sohn, den sie mit dem Marquis von Gersai gehabt habe, gewesen sei]: einer ihrer Söhne [...], der Ritter de Villiers, der die Situation nicht durchschaut, verliebt sich in Ninon. Als er die Wahrheit aus ih-rem Munde erfährt, nimmt er sich das Leben."[1] „Der Blick, den er sterbend auf sie warf, drückte noch seine Leidenschaft aus, doch die Aufregung über die Anwesenheit der besorgten Mutter beschleunigte nur seinen Tod. Von nun an hatten Vernunft und Philosophie keine Gewalt mehr über das Gemüt der unglück-lichen Mutter. Man musste alles aufbieten, um sie vor einem verzweifelten Schritt zu bewahren. Dieses Erlebnis machte auf sie einen sehr tiefen Eindruck, und man kann sagen, dass auf die ausschweifende und leichtsinnige Ninon nun das anständige, solide, pflichttreue Fräulein von Lenclos folgte. In der Tat verdiente sie von jetzt an bis zu ihrem Tode diese Bezeichnung."[5]

Der Umgang in ihrem Salon war beispielhaft. „Alles bei ihr geschah unter den Formen der Ehrerbietung und Schicklichkeit, wie sie die vornehmsten Prinzessinnen mit ihren Geliebten nur selten pflegen. Auf diese Weise war sie mit den erlesensten und bei Hof angesehensten Männern befreundet, so dass es Mode wurde, in ihrem Haus zu verkehren, und man dies mit gutem Grund anstrebte, denn man konnte bei ihr nützliche Verbindungen knüpfen. Bei ihr gab es kein Spiel, kein lautes Lachen, keine Streitereien, keine Gespräche über Dinge der Religion oder der Politik; hingegen fand man viel angenehmen Geist, besprach man Neuigkeiten von gestern und heute sowie aus dem galanten Leben der guten Gesellschaft, ohne dass dies jemals übler Nachrede das Tor geöffnet hätte; alle, die bei ihr verkehrten, bewegten sich mit Takt, ungezwungen, maßvoll, und die Gespräche, die zustande kamen, wusste sie zu beleben durch ihre geistreichen Bemerkungen und ihr vielseitiges Wissen. Schließlich beeindruckte die Achtung, die sie sich überraschenderweise zu erwerben verstand, die große Zahl und der hohe Rang ihrer Freunde und Bekannten, auch als ihre Reize keinen mehr lockten und die Schicklichkeit ihr gebot, Leib und Geist säuberlich voneinander zu scheiden. [...]

Der Dichter Scarron, der erste Gatte der Frau von Maintenon, verkehrte in Ninons Salon und nennt sie ,die erstaunlichste Frau des Jahrhunderts'. ... . Man neckte einander, witzelte über Literaten und Mode, sprach viel über Philosophie, aber noch viel mehr über die Liebe. Auch kokettierte man gern mit dem Freidenkertum [...] Charleval, ein Herr von Elbene und Miossens haben sehr dazu beigetragen, sie zur Freidenkerin zu machen. [...] Jene haben ihr beigebracht, auf eine gewisse Art zu reden und sich in bestimmter Weise über Philosophie zu äußern; sie liest nur Montaigne und entscheidet alles, wie es ihr in den

Sinn kommt."[3] „Scherz und Witz regierten das Gespräch. Der Ernst war hier verbannt. Es kam vor allem darauf an, schöne Worte für die Unterhaltung zu finden. Aber dabei musste jedes Preziösentum vermieden werden. Mehr als auf die Klugheit der Worte, mußte man auf die Anmut, sie auszusprechen, acht geben. Lebenskunst wurde mehr getrieben als Literatur. [...]

Wäre Fräulein von Lenclos nur von Männern geschätzt worden, so könnte man denken, sie habe das nur dem Prestige ihrer Schönheit zu verdanken gehabt. Aber selbst die Frauen vermochten nicht, ihr die Achtung zu versagen. Königin Christine von Schweden, die im Jahre 1656 durch Frankreich reiste, wollte sie sehen. Doch das Lob, das der Marschall d'Albert und einige Literaten Ninon gespendet hatten, schien ihr noch lange nicht an die Wahrheit heranzureichen."[5] Christine von Schweden behauptete, das einzige was dem jungen Roi soleil zur Vollendung seiner Bildung fehle, sei der Umgang mit Ninon de Lenclos. „Der indirekte Einfluss, den sie auf den jungen König hatte, war so groß, dass er, wenn über etwas geredet wurde, oft gefragt haben soll: ‚Qu'on dit Ninon?' [‚Was sagt Ninon dazu?']"[3]

Ninon de Lenclos heiratete niemals, denn ihre Unabhängigkeit ging ihr über alles. Sie war eine emanzipierte Frau, die geistig überlegen und in Liebesdingen souverän war. Ihr *Gelber Salon* in der Rue des Tournelles war viele Jahre hindurch eine Schule der Lebenskunst und des guten Benehmens. Ein geräumiger Saal, der zu Theateraufführungen benutzt wurde, befand sich zu ebener Erde, wo auch Molière mit seiner Schauspieltruppe auftrat. In ihrem Testament vermachte Ninon ihm einen ansehnlichen Geldbetrag für die Anschaffung von Büchern. Im ersten Stock befand sich das Hauptzimmer in dem die gelbe Farbe vorherrschend war. Das gab ihm den Namen *Gelber Salon*. „Der Salon hatte keine Tapeten; die Wände waren mit Goldfäden besponnen. Man sah dort die Bildnisse ihrer hervorragendsten Verehrer, ihrer teuersten Freunde, mehrere Gemälde großer zeitgenössischer Maler, das Klavier und die Bibliothek."[2] „An diesen großen Raum schloss sich noch ein kleineres, behaglich eingerichtetes Boudoir, die sogenannte *chambre des élus*, in dem Ninon ihre bedeutensten und intimsten Freunde zwischen 5 und 9 Uhr nachmittags zu empfangen pflegt. Eine fröhliche Gesellschaft kam hier gewöhnlich zusammen."[3] „Sie hatte [...] [das Boudoir] mit Spiegeln in Holzgetäfel verzieren lassen, und auf diesen Holztäfelungen waren in Malerei die galantesten Abenteuer der Mythologie dargestellt. Auf dem Plafond spielte sich die ganze Geschichte der Psyche ab, rechts umarmten sich Mars und Venus, links raubte Jupiter die Europa, und [...] Paris betrachtet die drei Göttinnen und schien [...] überhaupt nicht mehr zu wissen, wem er den Apfel geben solle."[2]

Im Salon der Ninon de Lenclos zugelassen zu werden, bedeutete die wirklichen gesellschaftlichen Weihen zu erhalten. Sie war Meisterin des geistreichen Gesprächs, so dass sich auch die Konversation umwälzend und richtungsgebend über ihren Salon veränderte. Bewegte in der Renaissance die Frauen und Männer um Elisabetta Gonzaga in Urbino noch die Lebensart der „Höflichkeit" und die Habitués in den frühen französischen Pariser Salons die der „Galanterie" und „Preciosité", so brachten die Zusammenkünfte und der Umgang bei Ninon de Lenclos die Wende in Richtung „Esprit".

Joseph Mérh, Dichter und Romanschriftsteller (1798 – 1866) schreibt dazu im Vorwort zu Mirecourts Buch über Ninon de Lenclos: „[...] der Esprit, jene zarteste Blume der Seele, die sich durch einen unbeschreiblich feinen Duft kennzeichnet, hat sich bei den Franzosen nur deshalb zu aller Zartheit, zu aller Fülle, zur höchsten Anmut entfalten können, weil bei ihnen das Weib mehr durch den Geist als durch die Schönheit regiert hat. [...] Im 17. Jahrhundert, wo politische Wirren die Schriftsteller ängstlich machten und den Esprit aus der Literatur verdrängten, fand er doch noch Zuflucht in den Salons und ließ dann dort die französische ‚Causerie' entstehen. Hier lässt er sein Feuer sogar noch lebhafter spielen als in den Büchern und verleiht der Konversation etwas von der Schärfe der Degenspitzen, die sich zum Zweikampf kreuzen. Ein Witzwort wirkt wie ein guter Stoß, gegen den es keine Parade gibt; es verletzt eine Reputation, wie jener ins Fleisch schneidet. Von spöttischer Lippe aufblitzend, schlägt es eine Wunde, die unheilbar ist. [...]"[2]

„Die deutsche Sprache kennt keinen Ausdruck, der das Wort *esprit* vollständig wiedergibt. Er ist dem Wesen der germanischen Rasse fremd. Scharf sehen, hell sehen, nicht verwischen, und nirgends verweilen, sind die Gebote des Esprit. Sobald man verweilt, verschieben sich die Begriffe. Das Wahre und Prägnante des unmittelbaren, vorurteilslosen Erfassens und Auffassens geht verloren. Das Blitzartige eines Einfalls verfliegt, wie die Blume eines Weines, den ein Chemiker analysiert. In der scharfsichtigen Eile liegt der glänzende Reichtum des Esprit, aber auch seine Armut."[6] „Zum faszinierendsten Feuer hat sich der Esprit im Salon der Ninon de Lenclos entwickelt; hier fand er eine Stätte, wo er sich ungehindert aufschwingen konnte, hier war sein Flügelschlag nach keiner Seite hin gehemmt. Ninons Seele selbst war ja erfüllt von diesem Esprit in reinster Form, ihrer Natur hatten ja die Grazien die schönsten Gaben in die Wiege gelegt."[2]

Trotz aller Achtung und Bewunderung, die sie genießt, gibt es immer wieder Versuche, ihre Aktivitäten zu unterbinden. Ein Mal wird sie „angeklagt, intellektuell oder ausschweifend zu sein und wird (von der Königinmutter) in den *Madelonettes* eingesperrt, einer Besserungsanstalt für Mädchen und Frauen, die von den Magdalenen-Nonnen geführt wurde. [...] Obwohl Madame de Maintenon inzwischen ein frommes Leben begonnen hat, bleibt sie der Freundschaft [mit Ninon de Lenclos] treu, die sie damals bei Scarron geschlossen hat: auf ihre Bitten hin wird Ninon prompt wieder freigelassen. [...]

Während der Fastenzeit des Jahres 1651 aßen Leute vom Hof recht häufig Fleisch bei ihr; unglücklicherweise warf jemand einen Knochen aus dem Fenster auf einen Priester von Saint-Sulpice, der vorbeikam. Jener Priester schlug einen furchbaren Lärm beim Pfarrer und fügte nebenbei ganz eilfertig hinzu, dass man dort drinnen, außer dass in aller Öffentlichkeit Fleisch gegessen werde, auch zwei Menschen getötet habe. Der Pfarrer beschwerte sich beim Justizamtmann, der ein Spitzbube war. Ninon, von all dem unterrichtet, schickte Herrn von Candalle und Herrn von Montemar, mit dem Amtmann zu sprechen, der ihnen große Höflichkeit erwies."[3]

Obwohl Ninon de Lenclos den Zeitgenossen alterslos erscheint, empfindet sie das Alter als eine Qual. Auch aufgrund der Brille, die sie wegen ihrer schwachen Augen tragen muss, schreibt sie an ihren Freund Saint-Évremond: „Wenn man mir einst ein Leben vorhergesagt hätte, wie ich es jetzt führe, ich hätte mich aufgehängt."[4]

Es wird berichtet, sie lasse den Abt von Gedoyn, der eine lebhafte und stürmische Liebe für sie empfand und auch in ihr die frühere Lust zur Sinnlichkeit erweckte, ein halbes Jahr warten. Als endlich der Zeitpunkt gekommen war, „drang er in sie, ihm doch zu sagen, warum sie just bis zu diesem Augenblicke sein Glück verzögert habe. ‚Diese kleine Eitelkeit' erwiderte sie, müssen Sie mir schon zugute halten. Als Sie von mir Beweise meiner Liebe verlangten, war ich erst neunundsiebzig Jahre und einige Monate alt. Ich wollte, dass man von Ninon sagen sollte, dass ihr noch mit achtzig Jahren ein schönes Glück zuteil geworden sei, und gestern Nacht bin ich gerade achtzig geworden.'"[5]

„Die Lenclos wurde weit über achtzig Jahre alt und erfreute sich stets guter Gesundheit, vieler Besuche und aller Achtung. Ihre letzten Jahre widmete sie Gott, und ihr Tod wurde allgemein beachtet."[3]

Am Ende ihres Lebens wurde „Fräulein von Lenclos [...] so krank, dass ihre Freunde sie leider zu verlieren fürchteten. [...] [Ninon] ertrug ihre Krankheit mit bewunderungswürdiger Geduld. Sie kam am Ende ihrer Tage von selbst auf den Gedanken, so oft als ihre Kräfte gestatteten, in die Pfarrei zu gehen. Sie legte eine Generalbeichte ab und empfing die heiligen Sakramente mit dem Gefühl einer wahrhaften Reue. Der nahende Tod trübte indessen nicht die Heiterkeit ihres Gemütes, sie bewahrte bis zum letzten Moment den Charme und die Klarheit ihres Geistes. [...] Man hat sogar behauptet, dass sie einige Stunden vor dem Hinscheiden, als sie nicht schlafen konnte, folgenden Vierzeiler machte:

Nicht eitle Hoffnung tut mir not;
Soll ich zuletzt noch mutlos werden?
Bin alt genug schon für den Tod.
Was täte ich auch noch auf Erden?

Fräulein von Lenclos starb am 17. Oktober 1705 im Alter von neunzig Jahren."[5]

Nicht gesichert wie so vieles an ihrer legendären Biographie ist, ob sie die Verfasserin aller ihr zugeschriebenen Bücher und der Memoiren ist. So wie die Legende ihr wohl „viele Sünden angedichtet [hat], die sie niemals begangen, und viele Vorzüge und Verdienste vorenthalten [hat], deren sie sich mit Recht hätte rühmen dürfen, [...] [z. B. ihrer Freundschaft. Man sagte von ihr, sie sei] selbstlos, treu, diskret, zuverlässig im höchsten Maß. [...] [Der Dichter Saint-Évremond schreibt über seine Freundin:] Man fand sie leicht in ihrer Liebe, doch ihre Freundschaft war ein sicherer Hort; der Göttin Launen lenkten ihre Triebe, doch jeder Freund verließ sich auf ihr Wort [...]"[3]

1   Chiappe, Jean-Francois Die berühmten Frauen der Welt von A-Z. Gütersloh o.J.
2   Mirecourt, E. de (1912): Ninon de Lenclos, Copyright Berlin
3   Saint Simon (1983): Erinnerungen Der Hof Ludwigs XIV. Reclam
4   Tornius, Valerian (1925): Salons. Bilder gesellschaftlicher Kultur aus fünf Jahrhun-
    derten. Berlin
5   Rogner & Bernhard (1968): Briefe der Ninon de Lenclos. München
6   Gleichen-Russwurm, Alexander von (1910): Das galante Europa. Geselligkeit de-
    grossen Welt 1600-1789. Stuttgart

Anne Marie de Montpensier

Anne Marie de Montpensier, Mademoiselle d' Orleans auch La Grande Mademoiselle genannt, *1627 †1693, einzige Tochter von Gaston d' Orléans und Enkelin Heinrichs IV., „ist Frankreichs ranghöchste und reichste Partie"[2] und soll sich sicher gewesen sein, nur einen König zu heiraten. Dabei habe sie an Ludwig XIV.,

> „Die Frauen bekennen sich zur „Aufrichtigkeit' („sincérité') [...] [betonen] die Unzugänglichkeit, den starken Willen, das Beharren auf der eigenen Meinung [...]"

Unbekannt, 17. Jahrh.: Anne Marie Louise d' Orleans, Duchesse de Montpensier, genannt La Grande Mademoiselle. Kupferstich, Ausschn. Bild zit. n.[3]

ihren Cousin gedacht. Die Königinmutter, Anna von Österreich verspottet sie deswegen: „Der König wird nicht für ihre Nase sein, obwohl sie sehr lang ist."[1]

La Grande Mademoiselle wurde sie genannt, um sie von ihren jüngeren Halbschwestern unterscheiden zu können. „Wenn sie in ihren Memoiren sich als Mitglied der Königsfamilie, genauer als ‚Fille de France', als Repräsentantin einer gottgewollten Ordnung sieht und sich deshalb auf dieselbe Stufe stellt wie ihre Tanten, die Königinnen von Spanien (Elisabeth) und England

(Henriette), beide Töchter von Heinrich IV. und Maria von Medici, zeugt dies nicht etwa von verwerflichem persönlichem Hochmut. Für die Zeitgenossen ist das hoheitliche Bewusstsein der jungen Frau, die offenbar lieber Enkelin des Königspaares als Tochter von dessen nachgeborenem Sohn sein möchte [...] angemessen und selbstverständlich."[3] Als romantisch, redlich und tapfer beschrieben, zieht sie während der Fronde überfallartig in den väterlichen Besitz Orleans ein und gebietet den Bewohnern, sich auf die Seite von dem Großen Condé, der Fürsten und des Parlaments gegen das Königshaus, also auf die Seite der Fronde, zu stellen. „In Paris, wo die verfeindeten Armeen noch um den Sieg ringen, gibt Mademoiselle im August an der Porte Saint Antoine die Order aus, zum Schutze Condés die Kanonen der Bastille auf die königlichen Truppen zu richten."[2]

Sie fällt wie ihre Gefährten dafür in Ungnade und wird sechs Jahre auf ihre Güter verbannt, von 1652 bis 1657. Während der Zeit des Exils baut sie die „von Gestrüpp umgebene Festung Saint-Fargeau in ein elegantes Schloß mit neuer Innenfassade, Gemäldegalerie, Theater und französischem Garten"[3] aus. Später, als sie sich den Verheiratungsplänen Ludwigs XIV. mit dem König von Portugal, der ein abstoßender, alter Mann gewesen sein soll, widersetzt, erfolgt eine zweite Verbannung vom Hof, von 1662 bis 1663. „Eine romantische Liebesheirat, die die abenteuerliche Entführung und Flucht an der Seite eines Märchenritters krönen würde, schien ihr – bis zur Begegnung mit Lauzun – eine lächerliche Illusion, das eheliche Unglück die klägliche Wirklichkeit. Allein der Vernunft galt es zu folgen, und diese sah für sie nur eine königliche Verbindung vor. Dynastisches Interesse vereitelte die ihr angemessen erscheinende Verheiratung (etwa mit dem habsburgischen Kaiser, mit ihrem Vetter Ludwig). Jedes ihr angetragene Ehebegehren schlug sie selbst aus, hier aus Widerwillen gegenüber dem abstoßenden, alten Mann (Portugal), dort – im Falle des Prince of Wales, dem Sohn des entthronten und schließlich hingerichteten Karls I. von England –, weil sie für dieses keine politische Zukunft sah."[3]

Aus dem Exil im *Château des Six Tours* zurück in Paris, pflegte sie ihren Salon im Palais de Luxembourg. Er wurde zu einem Rahmen, in dem glanzvolle Begegnungen stattfanden. Hier waren beispielsweise La Rochefoucauld und die Damen Lafayette und Sévigné anzutreffen. Huet, Segrais und J. Esprit oder die Damen de Maure und Choisy gingen als Habitués ein und aus. Diese begehrte, gesellige Stätte trat so die Nachfolge des Hôtel de Rambouillet an. Ihre „Ausbildung" hatte die Grande Mademoiselle ja im *Blauen* Salon von Catherine de Rambouillet erhalten. Durch die Kultur der Gesprächsspiele dort wurden ihr Lektüre und eigenes Schreiben nahegebracht. So konnte sie ihre geringe Bildung, die sie „unbeschönigt und unangefochten"[3] bekennt, wettmachen.

In der Nachfolge des Hôtel de Rambouillet konkurrierte sie mit den *samedis* der Madeleine de Scudéry. „Gespräche über die ‚Anatomie des Herzens', Dichterlesungen, Autorendispute, Charaden, Theateraufführungen, Unterhaltungen über Literatur und Moral"[2] machen die Unterhaltung in ihrem eigenen Salon aus. Zu ihren „ersten literarischen Versuchen gehörte die ‚Vie de Madame de Fouquerolles', eine verschlüsselte Geschichte aus der Fronde, die sie zusammen mit einem gegen Mazarin gerichteten Brief, heimlich bei sich drucken läßt."[3]

Sylvia Neysters beschreibt ein Bild der Grande Mademoiselle aus der Mignard-Schule, das sie im Alter von 57 Jahren zeigt, folgendermaßen: „Mit ihrem sich im Wind bauschenden Mantel, dem als Mieder angedeuteten Brustpanzer, den fliegenden Haaren und einem Speer in der Hand soll bewusst das Bild der Amazone hervorgerufen werden. Keine andere Frau ihrer Zeit hat ihre Selbstidentifikation mit dieser Figur so konsequent und nachhaltig betrieben [...] Den Vorwurf ihres Vaters, sie habe während der Fronde die Rolle der Heroine gespielt, weist sie entschieden zurück. […] Die kostbare Kleidung und der Schmuck, die aufwändige Frisur und die preziöse Geste, mit der sie einen ihrer Zöpfe hält, haben nichts kriegerisches an sich, betonen aber ihre hohe Stellung und ihren kultivierten Geschmack. […] Spielerisch und zugleich mit ernster Absicht zitiert sie den Mythos der freiheitsliebenden, unabhängigen Amazone."[4]

Außer als freiheitsliebende Amazone wird sie in diversen mythologischen Portraits gefeiert: z. B. als „Göttliche Minerva" oder als die „Pallas unseres Zeitalters". Speziell und spezifischer aber als „Diana". „In der Geschichte des mythologischen Potraits der ersten Jahrhunderthälfte sind Überschneidungen dieser allegorischen Bedeutungsfelder nicht unbekannt. Als Diana wurde 1626 Marie de Bourbon-Montpensier portraitiert, die Mutter der Grande Mademoiselle, als Minerva Maria von Medici und vor allem Anna von Österreich. P. Bourguignon, der im Auftrag der Akademie auch Mlle de Montpensier als Minerva malte, hat vermutlich die Bilder der Königin vor Augen gehabt."[2]

„Das isolierte Portrait aus Feder oder Pinsel hat, wie die ihm verwandte Großform der Memoiren, seinen Ursprung in dem heraldischen, genealogischen und historischen Bewusstsein des hohen Adels, der die mythologisch-allegorische Ikonografie als Emblem der Ständehierarchie nutzte. Mademoiselle kannte die Mode des literarischen Portraitierens spätestens aus den Romanen von Madeleine de Scudéry, und die unverhohlen wechselseitige Abneigung beider Frauen rührt eben daher, dass die Bourbonin gegen die bürgerliche Salonchronistin ihre ständische Überlegenheit genau da ausspielte, wo diese einst Neuland betreten hatte: bei Schlüsselerzählung und Portrait. […] Spottlust und ironische Distanz charakterisieren ihre ‚Relation de l' Isle imaginaire' (1685), ein literarischer Ulk für Eingeweihte, der Versatzstücke und Dekor des heroischen Barockromans ebenso wie die Schäferidylle von d' Urfés ‚Astrée' geistreich und mit amüsanten, zeitgenössischen Verweisungen parodiert. [...] In eins damit ist der Text eine chiffrierte Satire auf ein Prezïosentum der Prüderie, Geistreichelei und sozialer Selbstüberschätzung."[3]

Die Mode, sich selbst und andere zu portraitieren, erreichte einen Höhepunkt im Salon Montpensier. Dieses Portraitieren beinhaltete Selbstdarstellung oder Darstellung anderer aus dem Kreis der sich aufeinander beziehenden SalongängerInnen; nicht visuell in Bildern, sondern mit Worten. „Als Initiatorin des literarischen Vergnügens und als Bezugspunkt der Portraitisten und ihrer Objekte ist Mlle de Montpensier die originellste und vielseitigste von allen am Spiel Beteiligten. [...] Ins Wort gesetzte Abbildungen des Königs, seines Bruders oder des Prince de Condé, der Christina von Schweden und der Grande Mademoiselle selbst schmücken auch ihren Band der ‚Divers Portraits‘ (1659), und nur sie selbst glaubte sich befugt und fähig, darin in angemessener Weise Ludwig, die ‚Gottheit dieser Erde‘ darzustellen. [...] Mlle de Montpensier beherrschte das literarische Reich, in dem sie das Selbstportrait gebieterisch verlangte, wie manche Portraitisten formelhaft versichern."[2] „Die Neufassung einiger Portraits traf indes neben ... [Madeleine de Scudéry auch die] in den Rang einer Göttin erhobene Marquise de Rambouillet selbst, die bisweilen sich zu den Sterblichen herablässt, ihre Gelübde und Gebete erhört, auf die Erwählten Blicke der Segnung richtet und den Tempel von jedem Sakrileg reinzuhalten bemüht ist."[3] „Der Band ‚Divers portraits‘ ist, mit seinen 59 Texten, das repräsentativste, geschlossenste und fesselndste Dokument der Mode. Die Beschränkung der Auflagenzahl auf 30 Exemplare schützte dieses ‚Familienalbum‘ vor Indiskretion und Neugier."[2]

Interessant ist, was Renate Bader aus den Selbstportraits der Frauen dieser Zeit zusammengetragen hat in Bezug auf die Frage: Welches Bild von uns wollen wir selber denn zeichnen?

Die Frauen bekennen sich zur „Aufrichtigkeit (‚sincérité‘) […] [betonen] die Unzugänglichkeit, den starken Willen, das Beharren auf der eigenen Meinung, die Intoleranz gegenüber dem Widerspruch. […] Als wählerisch, verächtlich, gleichgültig oder anspruchsvoll zu erscheinen, schreckte sie ebensowenig wie der Gedanke, ungeduldig, brüsk oder leicht erzürnbar zu sein. […] Gegenüber der Liebenswürdigkeit überwiegt die Abneigung. […] Dabei beharren sie auf der unverwechselbaren Einzigartigkeit, die es auch zu respektieren gilt, wo sie sich vorab jeder Aneignung verweigert. […]

Eine Reihe weiterer Aussagen ist als Replik auf den traditionellen Katalog weiblicher Untugenden und auf die bekannten Beschränkungen und Normierungen zu verstehen. Die Frauen bestreiten es, eifersüchtig zu sein, neugierig, redselig, schüchtern, von Geld verführbar, von Schmerz oder Leidenschaften zu überwältigen. […] Ein Freiheitsbedürfnis, das sich gegen Führung und Zwang behauptet, wiederholt sich im Misstrauen gegen jede Form von Bindung und Selbstaufgabe. […] Angesichts des gefürchteten Selbstverlustes im Lieben und einer Ehekonzeption, die sich dem Bewahren der Geschlechterfolge verpflichtet weiß, bleibt ihnen das Bekenntnis zur Melancholie als Gestus einer Verweigerung […] Mit ähnlichem Scharfsinn durchschauen die […] Frauen den trügerischen Wert der Schönheit und hoben mit gewisser Genugtuung die Mängel ihres äußeren Erscheinungsbildes hervor.“[2]

Nachdem sich Mlle. de Montpensier allen Verheiratungsplänen widersetzt hat, will sie, mit 42 Jahren, den Herzog von Lauzun heiraten. Die Nachricht von dieser Heirat kündigt Madame de Sévigné ihrem Vetter und Vertrauten als die „erstaunlichste, überraschendste, einzigartigste, außergewöhnlichste, aufsehenerregendste, bis heute geheimste, glanzvollste, neiderregenste“[3] Sache an. Dieses Mal setzte sich ihr Ludwig XIV. entgegen und hält Lauzun in Pignerol gefangen. Nach zehn Jahren erkauft

Anne Marie de Monpensier Lauzun die Freiheit, indem sie dem Sohn von Ludwig, dem Herzog du Maine, ihr Fürstentum von Dombe und die Grafschaft von Eu stiftet. 1681 heiraten Montpensier und Lauzun doch noch und diese (belastete) Ehe soll ein Fiasko geworden sein. „Sie flüchtet sich in die Andacht und die Aufzeichnung ihrer *Memoiren*, die trotz eines geschraubten Stils von großem Interesse sind. [1663 stirbt Anne Marie de Montpensier.] Während ihrer Beisetzung springt die Urne auseinander, die ihr Herz enthielt. ,Es war vorausgesehen', meinte Sainte-Beuve, ,dass etwas Lächerliches alldem anhaftet, was die Grande Mademoiselle betrifft, sogar noch bei der Begräbnisfeier.'" [2]

„War dieser Märchenprinzessin auch das private Glück versagt, so hat sie es doch in einzigartiger Weise verstanden, die uneinholbare Überlegenheit ihrer Herkunft und Geburt gegen die ihrem Geschlecht angedichteten Wunschprojektionen, Defizite oder Rollenpsychologien auszuspielen. [...]

Die Wirklichkeit der Stiftungen und Hospitäler, die Mademoiselle de Montpensier gründete, überlebten sie, als von der Schlossarchitektur nur mehr wenige Reste bestanden und ihr literarisches Werk vergessen war. Noch heute kann man in Saint-Fargeau das von ihr 1657 errichtete Krankenhaus, in Trévoux das Hospiz (1686) besichtigen." [3]

---

[1] Chiappe, Jean-Francois: Die berühmten Frauen der Welt von A - Z, Gütersloh o. J.

[2] Baader, Renate (1995): Heroinen der Literatur, in: Baumgärtel, Bettina u. Neysters, Silvia (Hrsg.): Die Galerie der Starken Frauen, München

[3] Baader, Renate (1999): La Grande Mademoiselle (1627-1693), in: Zimmermann, Margarete u. Böhm, Roswitha (Hrsg.): Französische Frauen der Neuzeit, Darmstadt

[4] Neysters, Silvia (1995): Regentinnen und Amazonen, in: Baumgärtel, Bettina u. Neysters, Silvia (Hrsg.): Die Galerie der Starken Frauen, München

Anne-Thérèse de Lambert

Anne-Thérèse de Marguenat de Courcelles, *1647 †1733, die spätere Marquise de Lambert, soll ein ernstes, sehr begabtes Mädchen gewesen sein, das seine Einsamkeit „durch viel Lesen und eigenes Schreiben auszufüllen suchte. [...] [seine weiteren Interessen seien] die Seelenerkundung im Sinne unserer heutigen Psycho-

> *Madame de Lamberts „geistige wie gesellschaftliche Unabhängigkeit, die künstlerisch-geselligen Freiräume, die sie bei sich schuf, prägten alle folgenden Salons."*

E. Durethere: Madame de Lambert.
Gravure.
Bild zit. n. Stubbe da Luz [94]

logie [gewesen.] Während ihre Altersgenossen spielten, schrieb Thérèse Gedichte und ihre Eindrücke über das menschliche Herz nieder. Ihr Stiefvater, ein spiritueller Libertin, führte sie in die Welt der preziösen Sprache und des galanten Umgangs ein. Mit achtzehn Jahren wurde sie mit dem Marquis de Lambert verheiratet und fügte sich den gesellschaftlichen Erwartungen ihres Mannes, eines angesehenen Hauptmannes im königlichen Regiment."[3] Sie gebar ihm zwei Kinder, eine Tochter, Marie-Thérèse und einen Sohn, Henry Francis.

1686, nach dem Tod ihres Ehemannes, begann sie ihr zweites Leben, das ihren intellektuellen Neigungen gewidmet war und sich in ihrem Salon im *Hôtel Nevers* abspielte, 1710, hundert Jahre nach dem ersten Pariser Salon der Catherine de Rambouillet; in einem später zur Nationalbibliothek gehörenden Gebäude. „Als erste Salonière des 18. Jahrhunderts gilt ... [Anne-Thérèse de Lambert]. Der exakte Anlass zur Salongründung ist nicht bekannt, [...] es fallen [...] Ähnlichkeiten zur Situation 100 Jahre zuvor auf. Der Salon der Madame de Lambert, die als Gattin eines königlichen Hauptmannes das Hofleben kennengelernt hatte, war konzipiert als ‚moralische Gegeninstanz zum Hof‘. Als solche wurde er von den Gästen, die anfangs hauptsächlich Mitglieder der Hofgesellschaft waren, erfreut begrüßt. Der Ruf der Catherine de Rambouillet muss noch gegenwärtig gewesen sein, denn das Haus der Lambert wurde von seinen Gästen als ‚zweites Rambouillet‘ bezeichnet. Mit Unterhaltungsformen fern von höfischem Zwang und adeligem *ennui* (Langeweile) warb Madame de Lambert um Besucher."[5] Jeden Dienstag trafen sich hier berühmte Künstler ebenso wie kritische Geister. „Mehr als ein Zaungast war Montesquieu seit 1724 im Salon [...]. Der Autor der ‚Perserbriefe‘ gehörte zum Kern dieser damals wohl einflußreichsten schöngeistigen Gesellschaft."[4] Madame de Lamberts geistige wie gesellschaftliche Unabhängigkeit, die die künstlerisch-geselligen Freiräume bei ihr ermöglichte, prägte alle nachfolgenden Salons. „Der berühmte Literaturstreit zwischen Antike und Moderne, die ‚*Querelles des Anciens et des Modernes*‘ [zunächst rein literaturtheoretisch, dann zunehmend auch philosophisch] wurde u. a. im Salon Lambert ausgetragen. Ihrer prominenten Gäste wegen wurde ihr Salon ‚Vorzimmer der Akademie‘ genannt. [...] [Der Streit hatte sich schon 1657 an der Frage entzündet,] ob die Schriftsteller des klassischen Altertums weiterhin Vorbildgeltung beanspruchen dürften. Fortschritt, so ungefähr lautete Fontenelles These, setze sich in einem ewigen Prozess gegen Hindernisse wie Tradition, Gewohnheit, Vorurteile und Aberglauben durch – infolge stetigen Anwachsens der Erfahrung und der wissenschaftlichen Kenntnisse."[5]

In Lamberts Salon „trafen sich mehrere Angehörige der 1635 unter der Schirmherrschaft von Richelieu gegründeten *Académie française*, darunter deren Ständiger Sekretär, der Dichter und Philosoph […] Fontenelle"[4], der meinte, dass der Salon der Tencin das einzige Haus sei, das von der Epidemie des Karten- und Schachspiels bewahrt bleibt „la seule oú l'on se trouve pour parler, les une raisonablement, les autres avec esprit selon l'occasion (das einzige, wo man zum Plaudern zusammenkommt, was die einen mit Vernunft, die andern mit Geist tun, je nach Gelegenheit)."[2] Derjenige, der ihr Haus geflissentlich mied, wenn er sich in Paris aufhielt, war Voltaire. Sie hätte ihn gerne bei sich gesehen, aber er fand das Klima in ihrem Salon zu gelehrt, zu wichtig und zu offiziös. „Einer der Stammgäste bei Madame de Lambert, Charles-Jean-François Hénault, Kammerpräsident im Pariser Parlament, hat in seinen Memoiren festgehalten, dass jeder, der Mitglied der Academie française werden wollte, sich der Unterstützung dieses Salons versichern musste. Er […] übertrieb, aber zwischen 1700 und 1733 gehörten immerhin dreizehn der neugewählten Académiens dem ‚lambertinischen Clan‘ an, ein Fünftel."[4] „Tatsächlich konnte sie 1727 Montesquieu zu einem Sitz in dieser Einrichtung verhelfen. […]

Wie Madame de Rambouillet wurde auch die Gastgeberin des Hôtel Lambert dafür bekannt, dass sie bei den Streitgesprächen in ihrem Hause nie Partei ergriff. Sie stand den Verteidigern der Moderne näher, empfing aber Gäste aller Gruppierungen. Sie förderte Molière und war gleichzeitig eine der wenigen, die sich gegen die Verunglimpfung von weiblichem Bildungsstreben in seiner Satire über die gelehrten Frauen beschwerte."[5] „Die Freiheit des Geistes und damit die Befreiung von den Zwängen der öffentlichen Meinung wie von den klerikalen Autoritätsansprüchen gehören zu Madame de Lamberts besonderen Anliegen. In ihrem Salon durfte vieles formuliert und gedanklich experimentiert werden, was damals noch als Tabu galt. Einige [...] spotteten über die dort herrschende ‚Lambertinage‘ – ein Wortspiel, das bei einem so ernsthaft diskutierenden Salon verblüfft, aber die intellektuelle Kühnheit dieses Kreises widerspiegelte"[3] und nicht zuletzt auf den ‚libertinagen‘ Einfluss ihres Stiefvaters hinweist. Die kritische Auseinandersetzung mit dem fabrizierten Common Sense motiviert auch in heutiger Zeit die Konversation von offiziösen Gruppen, vis-à-vis und im Netz, so dass hier eine direkte Verbindung über knapp 400 Jahre besteht.

Ihre Dienstags-Empfänge waren thematisch dreigeteilt: Man traf sich am Vormittag „um philosophische und metaphysische Dissertationen anzuhören, am Nachmittag, um die große Welt über das neueste Stück, den neuesten Klatsch, das neueste Modebuch zu unterhalten. [...] Der Abend zeitigte in diesem Kreis die witzigsten Worte über Tagesereignisse, politische Personen, Hofgeschichten. Über die Entführung einer Tänzerin, über Laws Bankerott, über die Konvulsionäre vom Kirchhof de Saint-Medard, wo unter größtem Zulauf wunderliche Dinge geschahen [...] Vom Salon Lambert aus durchlief der Vers die Stadt, als der Regent die Versammlung der Konvulsionäre verbot und den Kirchhof schloß: De par le roi défense à Dieu / De faire miracle en ce lieu."[2] (Im Namen des Königs verboten für Gott, Wunder zu tun an diesem Ort)

An ihrem Salon, dessen Anliegen es war, Fragen der Philosophie und der Wissenschaft in kleinem Kreis erschöpfend zu diskutieren, schieden sich die Geister. Unterschiedlichste Charaktere trafen hier aufeinander. Fontenelle, de Sacy, Mairan, Saint-Aulaire – nach Fontenelle der amüsanteste und beliebteste Gast –, Hénault, Argenson, sowie diverse Damen kamen hier zusammen. „Die Herzogin du Maine erschien einigemal an den berühmten Dienstagen und ließ sich feiern, wie eine Schäferkönigin auf alte preziöse Art, Mme du Deffand war von der Gesellschaft und brachte den jungen schüchternen, aber geistreichen Montesquieu; dessen neuerschienenes Buch *le Temple de Gnide* nannte sie die Apokalypse der Galanterie."[2] „Immerhin dürften durch die ebenso engagierte wie kultivierte Konversation bei Madame de Lambert mehrere Schriften Montesquieus angeregt worden sein"[4], so wie in den späteren Salons die Enzyklopädie vorformuliert wurde.

„Madame Lambert personifizierte eine ungewöhnliche Verbindung von Klassik und Aufklärung. Ihre geistige wie gesellschaftliche Unabhängigkeit, die künstlerisch-geselligen Freiräume, die sie bei sich schuf, prägten alle folgenden Salons. In diesem Sinne – und nicht allein aus einer chronologischen Perspektive – kann sie als deren ‚Urmutter' angesehen werden. [...] [Sie] verteidigte als erste Frau die umstrittenen ‚Persischen Briefe', in denen europäische Lebensart aus der Sicht einer fremden exotischen Kultur oft mit beißendem Spott, aber auch mit wissenschaftlichem Ernst geschildert wird. [Mit dem ‚Papalangi' hat unsere Zeit eine Entsprechung. Ihr] [...] besonderes Anliegen galt der Stellung der Frau in der Gesellschaft. Dazu schrieb sie 1727 ‚Reflexions nouvelles sur les femmes' und später mehrere Texte über die Erziehung der Kinder im Geiste Fénélons, der wegen seiner auf Toleranz basierenden pädagogischen Schriften zum Bahnbrecher moderner Erziehung wurde. Madame de Lamberts sogenannter Feminismus beschränkte sich aber keinesfalls auf Theoretisches, sondern prägte ihren literarisch-philosophischen Salon [...]."[3]

Ihr gelang es „zugleich Feministin und Salonière zu sein. Sie hatte außerdem – was von anderen Salonièren nicht überliefert ist – zahlreiche weibliche Habitués, zu denen die Homerübersetzerin Anne Dacier, aber auch Schauspielerinnen [für ihre Zeit etwas provozierend Neues] wie Adrienne Lecouvrer gehörten."[4]

Als Mme. de Lambert 1733 starb, übernahm Mme. de Tencin ihren Salon samt den illustren Gästen.

[1] Boehn, Max von (1921): Rokoko, Berlin
[2] Gleichen-Russwurm, Alexander von (1910): Das galante Europa. Geselligkeit der grossen Welt 1600-1789, Stuttgart
[3] Heyden-Rynsch, Verena von der (1992): Europäische Salons. Höhepunkte einer versunkenen weiblichen Kultur, München
[4] Stubbe da Luz, Helmut (1998): Montesquieu rororo monographie, Reinbek
[5] Lund, Hannah (2004): Die ganze Welt auf ihrem Sopha. Frauen in europäischen Salons, Berlin

Anne-Louise du Maine

Anne-Louise du Bourbon-Condé, Herzogin du Maine, *1676 †1753. Von ihr, die zur Zeit des barocken Herrschers Ludwigs XIV. geboren wurde, wird gesagt, dass sie vom Scheitel bis zur Sohle schon ganz Rokokodame gewesen sei. Sie war die Enkelin des Großen Condé und Tochter des Henri Jules de Bourbon-Condé und der

> *„Sie glaubt an sich auf die gleiche Weise, wie sie an Gott und Descartes glaubt, ohne Prüfung und Diskussion [...] Sie war über alles Maß mutig, energisch, keck, unbezähmbar [...]"*

Gobert: Herzogin du Maine. Ausschnitt. Bild zit. n. Chiappe[4]

Pfalzgräfin Anna-Henriette von Pfalz-Simmern. Durch ihre Heirat wurde die Herzogin du Maine von den französischen Salonièren diejenige, die Ludwig XIV. verwandtschaftlich am nächsten stand. „1693 hatten Anne-Louise und der Herzog du Maine [Sohn Ludwigs XIV. und der Montespan] in Paris geheiratet. Die Trauung wird in Gegenwart des Königs und des gesamten Hofes vollzogen, der König von England, der damals in Paris weilt, reicht dem Bräutigam das Hemd, und am anderen Morgen erscheint die vornehme Gesellschaft von Paris im Schlafzimmer, während die Neuvermählten noch im Bett liegen, zur Visite. [...]

Gleich am ersten Tag ihrer Ehe öffnet sich ihr Haus der Geselligkeit, kündet sich schon der Geist an, der künftig hier regieren soll. [...] Nicht in Paris, sondern auf einem Schloß in der Champagne blüht der Salon der [...] Herzogin: in Sceaux. Man flieht die Residenz, wo alle Geselligkeit noch unter der Nähe von Versailles leidet, [...] Man sucht das ländliche Idyll auf, weil man es als notwendigen Hintergrund für Salongesellschaften empfindet [...] sehnt sich nach rauschenden Bächen und blumigen Wiesen; man will Schäfer und Schäferin spielen und in Hirtengewändern einander all die süßen Liebenswürdigkeiten sagen, die man sonst beim Lever austauscht. Man möchte zur Abwechslung einmal Menuette und Gavotten auf dem Rasen tanzen; [...] bald ein ländliches Konzert, bald ein venezianisches Tanzfest, bald ein Frühstück im Freien, bald galante Unterhaltung bei Lautenklängen [veranstalten ...]. Ja, es scheint, dass die Enkelin des Großen Condé die Tradition der vornehmen Geselligkeit, die zur Zeit ihres Großvaters in Paris herrschte, gehütet hat, um sie dann ausgeschmückt mit Schäferromantik, neu aufleben zu lassen. Die Herzogin wirkt wie eine Pionierin des gesellschaftlichen Tones. Ihr Lever umschließt den kleinen Kreis ihrer Verehrer, ihr Salon – den großen."[1]

Diese Umgangsform „rund um das Bett", das *Lever*, wird auch als das „Aufladen der Batterie der Salonière" bezeichnet und gehörte zur Salonkultur wie die Elektrizität zum Computer-Zeitalter. Der erste, intimere Teil findet nur im Beisein von Kammerfrauen und Haushofmeister statt: Aufstehen, Hemd wechseln, Negligé überwerfen, Schnürbrust anlegen. Und das alles ohne Scham vor den Männern und Frauen, weil sie ja nur Bedienstete sind. Ohne Übergang dann „schlägt die Stunde des Empfangs für die unruhig im Vorzimmer harrenden Herren: die Liebhaber und Schöngeister, die Offiziere und Dichter, die Diplomaten und Philosophen, sie kommen gerade noch zur rechten Zeit, um zu sehen, wie Madame ihre Toilette vollendet, wie die

Kammerfrau ihr die Coiffure aufsetzt und wie sie die Fingerspitzen mit Parfüm bespritzt. Sie dürfen dieser interessanten Prozedur zuschauen, sie dürfen sogar eine Tasse Chocolat mittrinken. […] [Sie] plaudern […] über die Wichtigkeiten des Tages, über die jüngsten Herzenseroberungen des Duc de Richelieu, über das neueste Lustspiel von Marivaux, über die köstlichen Soupers beim Präsidenten Hénault und über den letzten Ball im Hotel Condé. So erfährt Madame alles, was sie irgendwie interessieren kann, was ihr selbst heute im Salon oder bei der Promenade in den Tuilerien als Gesprächsstoff dienen soll. […] Erst sobald […] [die Coiffure] fest auf dem Kopf sitzt und das Gesicht in seinem rosafarbenen Schmink- und Puderkleid steckt, erwacht die zurückgehaltene Beweglichkeit ihres Körpers. […] Es scheint, als ob alle gebändigten, kleinen Launen ihre Fesseln abgeschüttelt hätten und nun lostollten in ausgelassenster Freiheit. Und diese ungezügelte Meute von Wünschen, Befehlen, Verweisen fegt wie ein Sturm in die Anwesenden hinein und wirbelt sie durcheinander; Kammerfrauen stürzen hin und her, bringen Theateranzeigen und Bukette, Kolporteure tauchen auf, drücken Madame die neueste Skandalbroschüre in die Hand und verschwinden, Modistinnen, Blumenhändler, Papageienverkäufer lösen sie ebenso schnell ab, der Arzt erscheint zu flüchtigem Besuch, der Abbé stellt sich ein und wünscht ,guten Morgen‘; die Kavaliere zappeln ringsum auf allen Stühlen oder scharwenzeln um die Toilette. Es ist ein Leben wie in einer Jahrmarktsbude. Plötzlich stockt es. Madame hat sich erhoben. […] Ein allgemeines Ah! Das Lever ist zu Ende."[1]

„Sie glaubt an sich auf die gleiche Weise, wie sie an Gott und Descartes glaubt, ohne Prüfung und Diskussion‘, schreibt über […] [Anne-Louise du Maine] ihre Vertraute, Marguerite Cordier Delaunay, Baronin von Staal."[2] Die Enkelin von „Le Grand Condé", dem großen Heerführer und eine von drei Schwestern, die alle sehr klein gewesen sein sollen, war von diesen die größte. Darum soll die Wahl des Herzogs du Maine auf sie gefallen sein. Sie gaben ein geistreiches Paar ab. Einer Beschreibung Saint-Simons nach wurde dabei Herr du Maine „angetrieben von einer Frau des gleichen Schlages, deren Geist – auch sie hatte Geist in unendlich hohem Maße – vollends zersetzt und verdorben war durch die Lektüre von Romanen und von Theaterstücken, deren Leidenschaft sie derart verfallen war, dass sie Jahre damit zugebracht hat, sie auswendig zu lernen, um sie selber öffentlich aufzuführen. Sie war über alles Maß mutig, energisch, keck, unbezähmbar; nur ihre augenblickliche Leidenschaft kannte sie und stellte dieser alles andere hintan;"[2] „Sie [...] ist ebenso launisch wie hochmütig, beschützt und unterstützt Schriftsteller und Künstler."[4]

Unglücklicherweise mischten sich die Herzogin du Maine und ihr Mann in die Politk ein. Der Nachfolger Ludwigs XIV., der Regent Phillip I., Herzog von Orleans, (ein Sohn Liselottes von der Pfalz, die mit dem Bruder Ludwigs XIV. verheiratet war), hatte mithilfe des Parlaments das Testament des Sonnenkönigs für nichtig erklärt und dem Herzog du Maine den größten Teil seiner Vorrechte entzogen. Anne-Louise tritt „über den Prinzen von Celamare, Vertreter des Escorials in Versailles, mit Philipp V. von Spanien in Verbindung, weil sie hofft, den Regenten so stürzen zu können."[4] Das brachte ihr fünf Jahre Gefangenschaft ein, zuerst in Dijon, anschließend in Chalons-sur-Saône; „für sie, die an ein lautes, glanzvolles, geselliges Leben gewöhnt ist, eine unerträgliche Folter [...]. Seit sie die Freiheit wieder genießt, ist sie lebenslustiger als früher. Sie scheint einholen zu wollen, was sie solange entbehren musste. Keinen Tag lässt sie ohne irgendein Amüsement verstreichen. In ihren Räumen darf die Geselligkeit nicht still stehen. [...] Unmerklich flieht die Zeit dahin. Als dem Dichter Fontenelle einmal die Scherzfrage vorgelegt wird, welcher Unterschied zwischen einer Uhr und der Herrin des Hauses besteht, gibt er geistreich zur Antwort: ‚Die erste erinnert an die Stunden, die zweite lässt sie vergessen.‘ [...] Noch lange, als schon andere Salons in Mode sind, spricht man in Paris von den Nächten der Herzogin du Maine.

Gemeint sind damit ihre nächtlichen Zusammenkünfte, die ‚grandes nuits de Sceaux‘.[1]

„Ihren Ruf begründeten eher die Gäste, zu denen die exzentrischsten und vornehmsten gehörten, als die Gastgeberin selber. [...] Viele der späteren Salonièren verkehrten bei der Herzogin du Maine, die sozusagen einem Kleinsthof präsidierte.“[3] „Der Don Juan Richelieu, dessentwegen sich die Damen duellieren, feierte hier ebenso Triumphe wie Fontenelle und Voltaire.“[1] Es herrschte eine „Atmosphäre von Zivilisiertheit, kombiniert mit sinnenfroher Genußsucht. [Die Abende waren] eher dem gesellschaftlichen Spiel als der Konversation gewidmet.“[3]

Zwischen Gesellschafts- und Theaterspielen wechseln die Beteiligten „der ‚grandes nuits‘ ab. Monsieur Malézieus erfinderischer Kopf sorgt für ein reichhaltiges Programm. Auch Deklamationen aller Art, Scharaden, Kartenspiele finden darin Raum.“[1] Im Schloss gibt es eine kleine Bühne. Hier spielen und singen die Damen und Herren der Gesellschaft, wie es üblich ist, mit und für sich selber. Voltaires Freundin Madame du Châtelet ist eine begnadete Schauspielerin, sie tritt hier in Sceaux auf und wird gefeiert. Alle sind begeistert von ihrem Vermögen, die unterschiedlichsten Charaktere auf die Bühne zu bringen. Das spricht sich herum und lockt viele Schaulustige zu dem Schlösschen in der Champagne. Alle wollen die „göttliche Emilie“ spielen sehen. Die Plätze im Zuschauerraum reichen nicht mehr aus. Das Maß hat sich verschoben. Nicht mehr der zwischenmenschliche Umgang, das Hin-und-her im mit- und füreinander Spielen zählt, sondern die eindimensionale Ausrichtung Künstler/Publikum. Das gefällt der Herzogin du Maine ganz und gar nicht, aber Gegenmaßnahmen, die sie ergreift, helfen nichts. Erst als sie entdeckt, dass Madame du Châtelet und Voltaire ihre Pariser Bekannten ausdrücklich eingeladen haben, ist sie sehr verstimmt. Das ist das Ende von Emilies Schauspielkarriere in Sceaux.

Zu du Maines Salon hat sowieso nicht jeder Zutritt. Wer im Pavillon d'Aurore aufgenommen sein wollte, musste erst beim Abbé Genest, später bei Fräulein Delaunay und bei Monsieur de Malézieu, den Zeremonienmeistern, ein „Examen" bestehen. „Er gab ein Thema, über das man sprechen musste, sein [Malézieus] Urteil entschied, ob die Einladung erfolgte oder nicht."[5] „Damit im Salon niemand langweilig, unbeschäftigt oder schwerfällig war, gab es die *Loteries poétiques*. [...] ein Gesellschaftsspiel, das 'poetische Lotterie' genannt wird. Jeder Gast zieht ein Los, auf dem nichts als ein Buchstabe zu lesen ist. Aber dieser Buchstabe bedeutet viel [...] Befindet sich nämlich ein S auf dem Zettel, so bedeutet das: 'Dichte bis zur nächsten großen Nacht ein Sonett'; ist es ein O, dann steht dem glücklichen Besitzer die Wahl zwischen der Verfertigung einer Ode oder Oper frei; für A bleibt die Entscheidung zwischen Arie und Apotheose offen. Da gibt es an andern Tagen viele, die sich über dem Versmaß einer Ode oder den Reimen eines Sonettes den Kopf zerbrechen [...] Mancher zahlt gern ein paar Livres irgendeinem armen Poeten, damit er die Aufgabe für ihn löse. [...] "[1] Abbé Genest hat in dem Bändchen 'Les divertissements de Sceaux' festgehalten, was an Gelegenheitsgedichten, Madrigalen, Sonettten und dramatischen Spielereien im Salon du Maine entstand. Hier war es auch, „wo Voltaire das bekannte Rätsel reimte: Cinq voyelles, une consonne / En français compose mon nom, / Et je porte sur ma personne / De quoi l'ecrire sans crayon. (Fünf Vokale und ein Konsonant bilden auf französisch meinen Namen, und ich trage auf meinem Körper das, womit man ohne Bleistift schreiben kann.)"[5] Die Auflösung ist *oiseau* = Vogel und bezieht sich auf die Vogelfeder.

Nicht umsonst fand der Salon der Herzogin du Maine als „*Les galères du bel esprit*" seinen Platz in der Geschichte. Hier wurde nicht physisch, sondern psychisch gezüchtigt, mit beißendem Spott, wenn der individuelle Esprit die gesellige Runde nicht zu überzeugen vermochte.

Anne-Louise du Maine feiert ihre großen Nächte bis zu ihrem Tode, 1753. Sie starb, wie „der Herzog von Luynes meinte ‚an einem Schnupfen, den sie nicht hat ausspeien können'."[4]

---

[1]   Tornius, Valerian (1925): Salons. Bilder gesellschaftlicher Kultur aus fünf Jahrhunderten. Berlin

[2]   Saint-Simon: Erinnerungen. Der Hof Ludwigs XIV. und die Regence. Hamburg o. J.

[3]   Heyden-Rynsch, Verene von der (1992): Europäische Salons. München

[4]   Chiappe, Jean-Francois: Die berühmten Frauen der Welt von A - Z. Gütersloh o. J.

[5]   Gleichen-Russwurm, Alexander von (1910): Das galante Europa. Geselligkeit der grossen Welt 1600-1789. Stuttgart

Claudine-Alexandrine de Tencin

Claudine-Alexandrine Guérin de Tencin, *1682 †1749, wurde von ihrem Vater, einem Parlamentssekretär in Grenoble, in jungen Jahren wegen ihrer Unbändigkeit ins Kloster gegeben. Bald fühlten sich dort „Besucher angezogen, um mit der ‚geistreichen und intriganten‘ Novizin lange Gespräche zu führen [...]; in diesem Sinne

Unbekannt: Madame de Tencin.
(Künstler unbekannt)
Bild zit. n. Stubbe da Luz[6]

„*Bei ihr gab es keinerlei Unterschiede, jeder legte die Bedeutung, die ihm sonst zukam, ab. Es ging hier um Geister einer gleichwertigen Würde, [...] die miteinander einen Austausch vollzogen.*“

absolvierte Madame de Tencin ihr Salondebüt bereits als Fünfzehnjährige hinter einer Klostermauer [...]

[Sie verließ nach dem Tod ihres Vaters das Kloster, zog zu ihrer Schwester, Madame de Ferriol, nach Paris,] die ein glanzvolles, mondänes Leben führte [, und] lernte [...] einflussreiche Persönlichkeiten des Hofes und der Pariser Gesellschaft kennen.“[1] Von einem ihrer Liebhaber, dem Ritter – an anderer Stelle ist die Rede von dem Artillerieoffizier – Destouches, wurde sie schwanger. Den Sohn, den sie am 16.11.1717 gebar, setzte sie in der Kirche von Jean-le-Rond aus. „Von der Frau eines armen Glasers namens Rousseau aufgenommen, wird Jean Le Rond dank der von dem Ritter jährlich anonym gezahlten 12 000 Pfund auf dem Gymnasium Mazarin eine ausgezeichnete Erziehung erfahren, bevor er der berühmte d' Alembert […] wird."[2]

Claudine de Tencin übernahm den Salon der Mme. de Lambert, als diese 1733 starb. Sie „hatte schon zu Lebzeiten der Marquise den Gedanken gefasst, die Erbschaft des Salons anzutreten, und ihr Ziel klug vorbereitet"[3]. Nach dem Tod von de Lambert war der „lambertinische Clan' […] überwiegend in ihren bereits 1726 eröffneten Salon in der Rue Saint Honoré übergewechselt und genoss die freiere, intellektuellere und offenere Atmosphäre dort."[5] „Für die lebhafte, intrigante Frau war es ein glücklicher Zufall, einen fertigen Kreis zu übernehmen, denn Mme de Lambert übte zu ihrer Zeit große Autorität über die Pariser Gesellschaft aus. […] Zu den drei *Lambertisten* Fontenelle [„dem sie einmal die Hand aufs Herz legte und bemerkte: ‚Nicht ein Herz haben Sie hier, bloß ein zweites Gehirn …'"[1]], Marivaux und Mairan, die ihr gewohntes wöchentliches Diner wie im Hotel de Nevers fanden, traten Mirabaud, De Boze, Astruc und Duclos, um von nun an den beständigen Hof der Mme de Tencin zu bilden unter dem Namen der sieben Weisen [von ihr „Mes betes", „meine Tiere" getauft]. ‚Un respectable sénat' nannte ein Epigramm die Mitglieder dieses ernsten Kreises, den Damen selten und ungern, gebildete Herren mit desto größerem Vergnügen besuchten."[3] „Montesquieu war zeitweise der Favorit der Hausherrin. Sie bestürmte ihren Freund Ende 1734, sich häufiger in Paris sehen zu lassen: ‚Mein kleiner Römer, ich bin höchst beunruhigt über die Vorliebe, die sie für ihre Heimat zu haben scheinen […]. Ich bin ja ganz damit einverstanden, dass Sie bei sich zu Hause Werke verfassen, sofern diese wirklich nutzbringend sind …'"[5]

Über Claudine-Alexandrine de Tencin ist viel gelästert worden, zu ihren Lebzeiten und auch später noch. Sie galt als geldgierig, ebenso ehrgeizig wie klug und von „überwache[r], zynisch scharfe[r] Intelligenz, ihr ätzender Witz machte [...] sie unwiderstehlich."[1] „Chamfort sagte [einmal] zu Trublet: ‚Die gute Frau.' Worauf der Abbé erwiderte: ‚Ja, wenn sie euch umbringen wollte, würde sie das mildeste Gift wählen.'"[2]

Ohne jede Abstriche wird im folgenden Zitat von Gleichen-Russwurm ihr Salon gewürdigt: „Bald wurde es Pflicht für jeden, der nach Paris kam, sich im ersten *royaume de la rue Saint-Honoré* zu melden. Italiener kamen, vom Papst Benedikt empfohlen, Montesquieu führte die Engländer ein. Liebenswürdig begrüßt erschienen Bolingbroke, Lord Chesterfield, Walpole in der ‚Heimstätte der Intelligenze', wie Marivaux den Salon der Freundin nannte. [...] Intelligenz löste den Esprit ab, wie dieser dem preciösen Wesen die Herrschaft genommen. [...] Wer nicht im Salon der Rue Saint-Honoré war, weiß nichts von Paris, lautete die Meinung begeisterter Zeitgenossen. Der Mathematiker Cramer trug das Lob in die Schweiz, deutsche Prinzen verbreiteten es im Reich und Graf Kaunitz, der Botschafter Österreichs, konnte der ‚großen Dame' nicht genug Anerkennung zollen. Das ganze literarische Europa sandte Huldigungen und Anbeter, Papst Benedikt trat in Korrespondenz mit Mme de Tencin, um seinen literarischen Ruhm in dem berühmten Salon zu festigen."[3] „Von solchen Freunden umgeben, vermochte die Marquise de Tencin die französische Literatur nachhaltig und ununterbrochen bis zum Tode zu beeinflussen."[5] Ihr „Haus war bekannt für mündliche ‚Vorveröffentlichungen'. [...] Marivaux, Montesquieu und Fontenelle gaben Lesungen vor ausgesuchtem Publikum."[4] Auch als Schriftstellerin trat sie in Erscheinung. „Da [...] [ihre Veröffentlichungen] ein klein wenig schlüpfrig sind, aber von ausgezeichneter Form, haben ihre abgefeimten Bücher Erfolg: ‚*La siège de Calais*' (Die Belagerung von Calais,

1735), ‚*Les Mémoires du Comte de Comminges*' (Die Memoiren des Grafen von Comminges, 1739), ‚*Les malheurs de l'amour*' (Die Liebesunglücke, 1747). Das gilt auch für das autobiographische Werk: ‚*Les Anecdotes du regne d' Eduard III*', (Die Anekdoten aus der Regierungszeit Eduards III., posth. 1776). Sie ist eine ausgezeichnete Briefschreiberin – ihre *Korrespondenzen mit dem Kardinal de Tencin* (1790) und ihre *Briefe an den Herzog von Richelieu* (1806) werden veröffentlicht."[5] „Ihre Werke [...] erregten Aufsehen bei den Zeitgenossen [...], und sind noch heute kulturgeschichtlich fesselnd."[4]

„Manchmal findet man [...] [in ihrem Salon] auch d' Alembert vor, der jedoch seiner Pflegemutter gegenüber zu erkenntlich ist, als dass er sich von seiner wahrhaftigen Mutter anerkennen lässt."[2] „Ihr Salon ist der erste kosmopolitische Sammelpunkt in Frankreich, wo dem Ausländer die gleiche Höflichkeit und der gleiche Empfang wie dem Franzosen zuteil wurde."[3]

Später lebte Mme. Tencin, ähnlich wie Madeleine de Scudéry, mit ihrem Bruder Pierre, der Priester geworden war, zusammen. Der scharfzüngige Zeitgenosse Saint-Simon schreibt: „Der Abbé Tencin besaß lebenslänglich ihr volles Vertrauen und sie das seine. Durch seinen Geist und seine Intrigen half er ihr sehr, er brachte es fertig, dass sie jahrelang an dem gesellschaftlichen Leben, das er führte, an seinen Vergnügungen und Liederlichkeiten teilnahm – und dies sowohl in der Provinz als auch in Paris –, ohne ihren Stand zu ändern. Vielmehr erregte sie gerade als ‚die Nonne Tencin' durch ihren Geist und ihre Abenteuer großes Aufsehen. Der Bruder und die Schwester, die stets zusammen lebten, verstanden es so einzurichten, dass niemand Anstoß nahm an diesem ausschweifenden Vagabundenleben einer Klosterfrau, die sogar ihr Ordenskleid aus eigener Machtvollkommenheit abgelegt hatte. Man könnte ein dickes Buch schreiben über dieses Paar, das sich durch seine Umgangsformen und seinen blendenden Geist unablässig Freunde gewann.

[…] [Schließlich] fanden die beiden […] eine Möglichkeit, von Rom die Erlaubnis zu erhalten, sie ihrer Gelübde zu entbinden und zu einer Stiftsdame zu machen.' […] [Daher auch der Titel ‚Madame‘, obwohl sie nie verheiratete war.

Madame de Tencin gewann Beziehungen zum schottischen Bankier John Law, der] vom Regenten die Genehmigung zur Errichtung einer Privatnotenbank erhielt (deren Gesellschaftssitz sich zunächst im prachtvollen Hotel Particulier der Salonière [Tencin] befand), […] [die] ihr zu Reichtum und Ansehen in den Finanzkreisen [verhalfen. Saint-Simon:] ‚Sie war zu klug, um nicht zu wissen, dass ein rein persönlicher Ehrgeiz bei ihrem Alter und ihrem Stand sie nicht mehr weit bringen würde. Ihr ganzer Ehrgeiz galt also ihrem teuren Bruder, und gemäß ihrem Prinzip ließ sie ihn von Law mit Reichtümern überhäufen, und der also Bereicherte verstand es, zur rechten Zeit seine Papiere in Gold umzusetzen.‘"[1]

Ihre Liebhaber soll sie nach der Nützlichkeit für die Karriere ihres Bruders ausgesucht haben, z. B. den Regenten. Der hatte sie aber nach kurzer Zeit „aus seinem Bett verjagt, da er es hasste, sich über öffentliche Angelegenheiten ‚zwischen zwei Bettlaken‘ zu unterhalten"[2] oder den Kardinal Dubois. „Sie machte […] [ihren Bruder] mit ihrem heimlichen Liebhaber bekannt, dessen Pläne sie leitete und um dessen Geheimnisse sie wusste. Der Abbé Dubois lernte den Abbé Tencin bald zu schätzen"[1]. Pierre Tencin wurde später Kardinal von Lyon. Er wird von Saint-Simon folgendermaßen beschrieben: „unendlich geschmeidig, hellhörig, findig, diskret, sanft oder heftig […], ein souveräner Verächter jeden Begriffes von Ehre und Religion, wobei er sorgfältig den Schein zu wahren wusste" zit. n.[1]

„Die Eigenart des Salons von Madame de Tencin beruhte neben seiner europäischen Komponente und seiner Geistesfreiheit auf jener ‚Virile cordialité‘ [männlichen Herzlichkeit], über die Marivaux schrieb: ‚Bei ihr gab es keinerlei Unterschiede, jeder legte die Bedeutung, die ihm sonst zukam, ab. Es ging hier um Geister einer gleichwertigen Würde, wenn nicht einer gleichwertigen Kraft, die miteinander einen Austausch vollzogen.' [...] Der Selbstmord eines ihrer Liebhaber, La Fresnay, in ihrem Palais [von dem sie die Überschreibung seines ganzen Vermögens zu ihren Gunsten erreicht hatte] brachte sie kurzfristig nicht nur in Verlegenheit, sondern auch in das Gefängnis von Châtelet."[1] Sie „entkommt aber einem zweifelhaften Prozess und wird einige Zeit in der Bastille über die Dringlichkeit einer Änderung ihrer Lebensweise nachdenken können."[5] „Nach ihrer Entlassung nahm sie sofort ihre Salontätigkeit wieder auf. Ihre ‚Mardis' wurden immer berühmter. [...] Trotz des spöttisch-grausamen Portraits, das Saint-Simon von ihr als einer ausschweifenden Ränkespielerin entworfen hat, gehörte der Salon dieser einst mit allen Intrigen vertrauten Abenteurerin zu den brillantesten ihrer Zeit."[1]

„‚Wisst ihr' sagte sie zu ihren Gästen, als sich ihr Ende näherte, ‚was die Geoffrin hier macht? Sie kommt, um zu sehen, was sie aus meinem Inventar herausholen kann'. Kaum war Claudine in die andere Welt hinübergegangen, wo die Prinzen der Kirche sie dem Teufel streitig machen müssen, hat Frau Geoffrin in der Tat den Anteil der Verstorbenen an Schöngeistern für sich in Anspruch genommen."[5] Das ist ihr nicht besonders schwer gefallen, wie sich aus nachfolgender Anekdote entnehmen lässt: „Als die Nachricht von [..] [Tencins] Hinscheiden zu Fontenelle drang, erklärte er ungerührt: ‚Wohlan, jetzt werde ich Dienstags bei Madame Geoffrin speisen'. Tatsächlich, die reiche Witwe Geoffrin erbte das ‚Inventar' der Berühmtheit. Und so wirkte die Tencin über das Grab hinaus."[4] „Ihr Salon postulierte jene ‚gleichwertige Würde der Intelligenzen', die ein stetes Merkmal der ‚République des Lettres' gewesen ist, aber die aus dem Munde einer Frau für ihr Jahrhundert noch eine Herausforderung darstellte."[1]

1   Heyden-Rynsch, Verena von der (1992): Europäische Salons. Höhepunkte einer versunkenen weiblichen Kultur, Artemis & Winkler, München
2   Chiappe, Jean-Francois (Hrsg.): Die berühmten Frauen der Welt von A-Z, Gütersloh, Stuttgart, Wien o. J.
3   Gleichen-Russwurm, Alexander von (1910): Das galante Europa. Geselligkeit der grossen Welt 1600-1789, Stuttgart
4   Angermeyer, Erwin u. a.: Große Frauen der Weltgeschichte. Tausend berühmte Frauen in Wort und Bild, R. Löwit, Wiesbaden o. J.
5   Stubbe da Luz, Helmut (1998): Montesquieu, rororo Monographie, Reinbek

Marie-Anne du Deffand

Mary de Vichy-Chamrond, Marquise Marie-Anne du Deffand, *1697 †1730 Paris, „verlor früh ihre Eltern und wuchs im Kloster auf. Sie soll schon als junges Mädchen gegen jede Art von Dogmatismus aufbegehrt haben und die Nonnen, die sie zu erziehen suchten, durch ihre skeptische und irreligiöse Haltung verwirrt

„[...] sie erträgt es nur mit Ungeduld, wenn Scharlatanerie und Anmaßung sich aufspielen. Sie ist versucht, die Masken herunterzureißen, wo sie sie findet [...]"

Geoffroy nach G. Staal: Madame du Deffand, Kupferstich, Bild zit. n. Heyden-Rynsch [2]

haben."[1] Sie war derart kritisch und witzig, „dass die Nonnen, die sie erzogen, den Bischof Massillon zur Hilfe riefen. Er plauderte mit dem blitzgescheiten Lästermaul und lächelte dann: man kaufe ihr für drei Groschen einen Katechismus."[7]

Gut zwanzigjährig wurde sie mit einem entfernten Vetter, dem Marquis du Deffand, verheiratet. „Er himmelte sie an – sie hingegen frotzelte: ,Er überhäuft mich mit kleinen Aufmerksamkeiten, um mir zu mißfallen.'"[2] Ihre Ehe zerbrach bald durch das Eingreifen des angesehenen Parlamentspräsidenten Hénault, mit dem sie in ihren mittleren Jahren ein fast eheähnliches Verhältnis einging, das sich später zu einer lebenslangen Freundschaft entwickelte. „Beide Partner waren sich im klaren, dass ihre Liaison vornehmlich einem gesellschaftlichen Bedürfnis entsprach."[2] Hénault schrieb an du Deffand „eher offenherzig als zärtlich: ‚Sie sind ein erforderliches Leiden.'"[3]

„Ihr weltliches Début fiel in die glänzenden Tage der Regentschaft, als ein geistreicher und wollüstiger Herrscher die Atmosphäre der Bigotterie und Schwermut zerstreute, die der sterbende Ludwig XIV. über den Hof verhängt hatte. Zwei Wochen lang war sie die Mätresse des Regenten – das war viel in jenen Tagen"[2] und brachte ihr eine kleine Pension ein.

In ihren jüngeren Jahren war sie Hauptakteurin im Salon der Herzogin du Maine in Sceaux. Nach deren Tod zog sie nach Paris, quasi zurück ins Kloster, in Räume des Sankt Joseph Klosters, deren frühere Bewohnerin Madame de Montespan, die langjährige Favoritin Ludwigs XIV., gewesen war. Hier, im Couvent de Saint Joseph, entstand einer der begehrtesten Pariser Salons des 18. Jahrhunderts.

„Man schreibt Frau du Deffand mehr Geist zu, als sie hat. Man lobt sie, und man fürchtet sie, und sie verdient weder das eine noch das andere. Sie ist in bezug auf den Geist das, was sie in bezug auf ihre Erscheinung einmal war und in bezug auf Geburt und Vermögen noch heute ist: nichts Außergewöhnliches, nichts Hervorragendes. Sie hat, kann man sagen, keine Erziehung genossen und hat alles nur aus persönlicher Erfahrung gewonnen und diese Erfahrung ist nur langsam vor sich gegangen und die Frucht manches Unglücks gewesen. […] Von Natur ohne Talent und unfähig starken Fleißes, ist sie der Langeweile sehr zugänglich. Da sie nun keine Ablenkung in sich selbst findet, so sucht sie sie in ihrer Umgebung – oft ohne Erfolg. Derselben

Schwäche ist es zuzuschreiben, dass die Eindrücke, die sie empfängt, zwar sehr lebhaft, aber selten tief sind. Sie versteht zu gefallen, aber sie flößt wenig Gefühl ein.

Zu unrecht hält man sie für eifersüchtig; sie ist es nie auf wirkliches Verdienst; aber sie erträgt es nur mit Ungeduld, wenn Scharlatanerie und Anmaßung sich aufspielen. Sie ist versucht, die Masken herunterzureißen, wo sie sie findet, und das ist der Grund, weshalb sie von den einen gelobt, von den andern gefürchtet wird."[8]

„Sie führte ab 1746 einen Salon, der ‚Männer des Hofes und der Stadt' zusammenbrachte."[5] „Die Gesellschaft bei der […] Marquise war nicht so zahlreich wie im Hause der Madame Geoffrin, aber sie bot außerordentlich viel Anregung. Gar manche wichtige Frage der ‚Enzyklopädie' wurde hier gemeinsam erörtert."[9] Man traf sich spät im Salon der Mme du Deffand, denn wegen ihrer Schlaflosigkeit schlief sie meistens bis sechs Uhr nachmittags. Die Tapete war aus feuerrot gemustertem Moiréstoff. Hier saß man in „einem Kreis, der nach langem Zusammensein jeweils gegen zwei Uhr morgens widerwillig aufbrach, um sich am nächsten Abend erneut zu treffen […] Das Gespräch [war] die eigentliche Substanz des Lebens. […] Jeder wetteiferte in der Kunst der Konversation. […] Als scharfsinnige Beobachterin der ‚Douceur des moeurs', der Lieblichkeit der Sitten, […] kristallisierte die Marquise du Deffand das für ihr Jahrhundert so kennzeichnende ‚Mot d' esprit', das auf überspitzt ironischen Repliken und kühnen Paradoxien beruht. Ihre ‚prodigious quickness' (Horace Walpole), die Schnelligkeit des Geistes, überschlug sich geradezu bei dem temperamentvoll und zugleich eiskalt betriebenen Spiel von Tarnung und Enttarnung. Masken abreißen, entlarven, bloßstellen […]. Die Marquise führte nie mehr als einen Schlag, rasch, klinisch scharf, sicher, und sie traf immer den Nagel auf den Kopf [...].

Als sich 1751 die ersten Anzeichen einer heimtückischen Augenkrankheit bemerkbar machten, zog sich die Marquise für einige Zeit auf das Schloss ihres Bruders in Champrond zurück. Hier lernte sie Julie de Lespinasse kennen, die uneheliche Tochter von Gaspard de Vichy. Das leidenschaftliche Temperament und die außergewöhnliche intellektuelle Begabung ihrer zwanzigjährigen Nichte fesselten die skeptische Salonière. Grundverschiedener konnten sie nicht sein: Während sich die Marquise verbittert-sarkastisch gab ('Das einzige Unglück im Leben ist, geboren zu sein'), jubelte die exaltierte Julie: 'Beseelt vom glühenden Verlangen zu leben, danke ich von Herzen der Natur, die mich ins Leben gerufen hat.' Gemeinsam war ihnen aber das Bedürfnis nach einem alles erfüllenden gesellschaftlichen Leben.

Als 'Dame de compagnie' begleitete Julie ihre Tante nach Paris zurück. Ihre ansteckende Vitalität und ihr kluger Charme eroberten bald den Freundeskreis des Couvent de Saint Joseph. D' Alembert verehrte sie glühend, dies führte schließlich zum Zerwürfnis mit der Marquise."[2] Nach zehn Jahren wurde Julie von ihrer Tante aus dem Salon hinausgeworfen und machte sich, mit Hilfe von deren Intimfeindin, Mme. Geoffrin, als Salonière selbständig. Auch „Rousseau zog sich zurück mit der Bemerkung, er wolle sich lieber der Geißel ihrer Feindschaft als der ihrer Freundschaft aussetzen."[5]

Der aufreizende, die Nerven strapazierende Schlagabtausch im Salon der Madame du Deffand, der sezierende, unbarmherzige Schnitt, der das „Experiment am lebenden Herzen" krönte, ist auch als „Erotik der Nerven" bezeichnet worden. Charakteristisch dafür der langjährige Briefwechsel zwischen der Marquise und dem Parlamentspräsidenten Hénault. „Eine spitzfindige, nasskalte

Stichelei herrscht hier, dazwischen eine Empfindungsgaukelei, die sofort selbstironisch zersetzt wird. Diese beiden Menschen zerpflücken sich gegenseitig den Rest des Gefühls, das sie vielleicht noch füreinander haben, und finden darin einen wollüstigen Kitzel.

Sie schreibt ihm: ‚All Ihre Gefühle für mich sind um so schöner, als nicht ein einziges aufrichtig ist.' Er schildert ihr ein andermal, wie er an einem schönen Abend bei Mondschein in seinem Garten spazierenging, und fährt dann ätzend fort: ‚Ich bedauerte um so mehr, daß Sie nicht da waren, als ich Ihnen Gefühle zuschreiben konnte, von deren Nichtvorhandensein in Ihnen mich nur Ihre Gegenwart überzeugen kann.' Sie gesteht ein, dass sie weder Temperament noch Illusionen habe. Und er erwidert darauf: ‚Sie haben weder Temperament noch Illusionen. Ich bedauere Sie sehr, und ich glaube, Sie kennen den Wert dieser Dinge wie ein anderer, denn sie haben doch gewiss schon davon sprechen gehört. Was Sie in Ihrem Brief Illusionen nennen – Erinnerungen. Mondlicht, die Freude an einem Ort, wo man jemand gesehen hat, den man liebt, eine gewisse Stimmung, ein Fest, ein schöner Tag – kurz alles, wovon die Dichter singen und sagen – mir erscheint es nicht lächerlich. Aber vielleicht ist es zu meinem Besten, dass Sie wünschen, ich möge mir solche Torheiten nicht in den Kopf setzen. Nun wohl, es sei! Ich bitte um Verzeihung für alle vergangenen, gegenwärtigen und zukünftigen Bächlein, für Ihre Brüder die Vögel, Ihre Vettern die Ulmen und Ihre Großeltern die Gefühle … …"[6]

Über 20 Jahre währt auch ein anderer Briefwechsel, den sie mit Voltaire führt, und der „an das Gefecht zweier Virtuosen denken [lässt], die glänzen wollen und sich gegenseitig brauchen, um ihre ganze Brillanz zu entfalten."[2]

Niemand hat wohl so sehr wie die Marquise du Deffand über das alles durchdringende Gefühl geklagt, dass durch nichts zu beheben war, schon gar nicht durch möglichst ununterbrochenes Beisammensein. In ihren Briefen klang „jenes Leitmotiv durch, das ihre seelische Verfassung maßgebend kennzeichnete: die alles zersetzende Langeweile, das ‚taedium vitae'. Umgeben von den kühnsten und amüsantesten Geistern ihrer Zeit, klagt sie unentwegt über die gähnende Leere, die sie in sich selbst verspürte. Nicht allein die Marquise wurde von der ‚Mélancolie de l'esprit' befallen; jener Trübsinn entsprach dem Grundtenor der gesamten privilegienüberladenen Schicht des vorrevolutionären Frankreichs, wie die mannigfachen Korrespondenzen und Memoiren aus jener Zeit uns überliefern."[2]

Die Brüder Goncourt deuten die Langeweile als „Triebfeder der Unruhe" der „von den sprühenden Witzen, vom Lärm der Tage und Nächte in fiebernde Hitze" versetzten Gesellschaft. „Nicht genug, dass sie täglich drei oder vier Personen und sehr häufig zwölf bis dreizehn Gäste an ihrer Abendtafel vereinigte, gab Madame du Deffand wöchentlich zuerst Sonntags, dann Sonnabends ein großes Abendessen, zu dem sich die vornehmsten Damen einfanden, auf dem ‚ohne sich zu bekämpfen und ohne sich zu fliehen', die größten Feindschaften aneinander vorübergingen."[4]

„Madame du Deffand erblindet mit siebenundfünfzig Jahren vollständig. Das verändert jedoch kaum ihre Lebenswahrnehmung und ihren Lebenswandel, denn ‚sie sah mit ihrem Verstand, nicht mit den Sinnen.' (Lytton Strachey)"[2]
    Der Verdacht einer Vergiftung keimt auf. Über die damaligen Gewohnheiten, mit Puder und Rot umzugehen, ist zu lesen, dass „die Frau mit zunehmendem Alter immer reichlicher, oft in übertriebener Weise [davon] Gebrauch macht; […] das zum Pudern benutzte Weiß ist durchaus nicht immer sogenanntes Kandiaweiß, das aus Eierschalen hergestellt wird; es ist oft aus

Wismutpräparaten, Jupitermehl, Saturnpulver und Bleiweiß zusammengesetzt; das Rot wird nicht nur aus Tier- oder Pflanzenstoffen wie Cochenille, Sandelholz und Pernambukholz angefertigt, sondern auch aus Mineralien wie Zinnober und Minium, also aus Blei-, Schwefel- und Quecksilbermineralien, […] das Weiß und Rot verderben nicht nur die Zähne, sie wirken auch im höchsten Grade schädlich auf die Augen, sogar bis zur Gefährdung der Sehkraft, sie greifen das Nervensystem an und führen im ganzen Körper Störungen herbei"[4].

Im Alter von ca. 70 Jahren befindet sich Madame du Deffand plötzlich in der Defensive. „Alles, was die ironische Marquise bisher als naiv gebrandmarkt und verworfen hatte, überwältigte sie jetzt selber: absolute Gefühle, Liebe in einer ihrer verheerendsten Formen, nämlich als zynisch verdrängte, im Namen der Ratio verschmähte und um so wichtiger aufbegehrende Urkraft. […] [Der englische Aristokrat Horace Walpole, zwanzig Jahre jünger als sie selber, ein] Meister der übereinander angelegten Masken, [war 1765 nach Paris gekommen, um dort das gesellschaftliche Treiben zu studieren.] […] Zwischen dem blasierten Junggesellen und der Voltaire-Vertrauten entstand sofort ein reger geistiger Austausch. Die Marquise war unerträglich subtil, aber keineswegs künstlich-manieriert, ihre verblüffende Natürlichkeit und das gesellschaftliche Ansehen, das sie genoss, fesselten den exzentrischen Engländer, für den das Alter eine ‚Archäologie des Lebens‘ darstellte."[2]

„In ihrer 15 Jahre währenden Korrespondenz, bestehend aus 1700 Briefen, […] lernen wir eine andere du Deffand kennen. ‚Ich will Sie zuerst meiner Vorsicht versichern; ich nehme keine andere böse Absicht bei Ihnen an, als Sie mir anempfahlen; niemand wird von unserer Korrespondenz Kenntnis erhalten, und ich werde alles genau befolgen, was Sie mir vorschreiben werden. [...] Bei jedem anderen als bei Ihnen würde es mir widerstreben, eine solche Versicherung abzugeben; aber Sie sind der beste Mensch und voll so guter Absichten, [...] und da niemand uns hört, so will ich offen reden und Ihnen sagen, dass man nicht zärtlicher lieben kann, als ich Sie liebe. Ich glaube, dass man früher oder später seinen Verdiensten gemäß belohnt wird, und da ich ein zartes, aufrichtiges Herz zu haben glaube, erhalte ich meinen Lohn am Ende meines Lebens.' [...] Man hat den Eindruck, dass dieses merkwürdige Verhältnis dem Manne bald recht peinlich wird. Er möchte die Frau abschütteln und schreibt ihr frostig: ‚Bin ich gemacht, um der Held eines Briefromans zu werden?'"[6] Im letzten Brief vor ihrem Tode verabschiedet sie sich ahnungsvoll: „Amüsieren Sie sich, lieber Freund, soviel Sie nur können. Machen Sie sich keine Sorgen um mich, wir waren ja füreinander verloren und sollten uns nicht wiedersehen. Sie werden mich vermissen, denn man fühlt sich doch wohl, wenn man sich geliebt weiß."[2]

Die Marquise hat auch Zeugnis davon abgelegt, wie im Rokoko, dem Zeitalter, das „das schlimme Wesen und die Zuckungen des gequälten Menschenherzens, alle Tücken und Hinterlisten der Liebe, die Unsicherheit des Lebens zu jeder Stunde und die widerspruchsvolle Schwäche der Menschlichkeit so gefällig mit dem Rankenwerk festlicher Blumengirlanden umflicht [...], [miteinander umgegangen wurde:] Man verstand zu leben und zu sterben in jener Zeit, man litt nicht an Gebrechen. Hatte man die Gicht, so ging man dennoch aufrecht daher, ohne eine Miene zu verziehen; man verbarg aus Rücksicht seine Leiden; man verstand es, sich lächelnd zu ruinieren, ohne es merken zu lassen, gleich den Spielern voll Haltung, die auch beim schwersten Verlust nicht mit der Wimper zucken. Man hätte sich halbtot noch zur Jagd tragen lassen; man hielt es für besser, auf einem Ball oder im Schauspiel, als in einem Bette zu sterben. Man genoss das Leben, und war die Stunde des Abschiednehmens gekommen, so hatte man den Ehrgeiz des geschmackvollen Abgangs."[6]

Am 23.9.1780 starb Marie-Anne du Deffand, „wie sie gelebt hatte: einsam im Kreise einer geistreich debattierenden Abendgesellschaft."[2]

[1] Angermeyer, Erwin u. a.: Große Frauen der Weltgeschichte. Tausend berühmte Frauen in Wort und Bild. R. Löwit, Wiesbaden o. J.

[2] Heyden-Rynsch, Verena von der (1992): Europäische Salons. Höhepunkte einer versunkenen weiblichen Kultur, Artemis & Winkler, München

[3] Chiappe, Jean-Francois (Hrsg.): Die berühmten Frauen der Welt von A-Z, Gütersloh, Stuttgart, Wien o. J.

[4] Goncourt de, E. und J. (1963): Die Frau im 18. Jahrhundert, Scherz Verlag

[5] Lund, Hannah (2004): „Die ganze Welt auf ihrem Sopha". Frauen in europäischen Salons, Berlin

[6] Pechel, Rudolf (Hrsg. 1913): Rokoko. Das galante Zeitalter in Briefen, Memoiren, Tagebüchern, Berlin

[7] Große Frauen der Weltgeschichte. Tausend berühmte Frauen in Wort und Bild, R. Löwitt, Wiesbaden o. J.

[8] Deffand, Maria-Anne, du: Auszüge aus einem Selbstportrait, in: Rohr, Joh. (Hrsg. 1925/26): Die galante Zeit. Das Rokoko im Spiegel zeitgenössischer Dokumente, „Die Buchgemeinde", Berlin

[9] Tornius, Valerian (1925): Salons. Bilder gesellschaftlicher Kultur aus Fünf Jahrhunderten, Berlin

[10] Charpentier, Michel u. Jeanne (1987): Littérature Texts et Documents, Collection Henri Mitterand, Éditions Nathan

Marie-Thérèse Geoffrin

M arie-Thérèse Geoffrin, geb. Rodet, *1699 †1777, war die Tochter einer Kammerdienerin der Frau des Dauphins. Sie wurde mit sieben Jahren Waise und wuchs bei ihrer Großmutter in Paris auf. Mit vierzehn Jahren fiel sie dem vierunddreißig Jahre älteren François Geoffrin auf, einem reichen Witwer und Verwalter der Compagnie Saint-Gobin, der

„Mit genialer Mütterlichkeit versteht sie ihre Philosophen, ihre Maler und anderen Künstler zu behandeln, [...] ihre beruhigende Verständigkeit bilde[t] eine Zuflucht [...]"

renommierten, königlichen Spiegelglasmanufaktur. Er heiratete sie sechzehnjährig und ließ sich mit ihr „in einem erlesenen Stadtpalais in

Miger, 18. Jahrh.: Madame Geoffrin Kupferstich, Bild zit. n. Boehn[9]

der Rue Saint-Honoré nieder. [...] Bei Madame de Tencin [ihr Salon war in der gleichen Straße] kam die junge Bürgerliche zum erstenmal mit der intellektuellen Elite zusammen."[1] Sie war dort nicht nur eine gelehrige Schülerin, sondern übernahm nach Tencins Tod auch deren Salon mit den Habitués.

„Der Salon Geoffrin, der über 30 Jahre bestand, wird in der Salonforschung als Übergang zum bürgerlichen Salon betrachtet. Tatsächlich empfing Madame Geoffrin vermehrt nichtadelige Gäste – anfangs allerdings an anderen Tagen als den Adel, Gelehrte wiederum an anderen Tagen als Künstler."[7] Zwei Abende pro Woche versammelte sie die Elite von Künstlern, Philosophen und Literaten um sich. Montags die Maler, Mittwochs die übrigen. „Mit der Einrichtung dieses Montagabends reagierte der Geoffrin-Salon offenbar auf eine Entwicklung – und forcierte diese –, die die bildende Kunst stärker aus der Repräsentationsaura befreite und sie der Kritik preisgab. Die periodische Gemäldeausstellung im großen ‚Salon' des Louvre und die Kunstkritiken Diderots sind bezeichnend für diesen Vorgang."[8]

Marie-Thérèse Geoffrin war eine großzügige Mäzenin, die von ihrem Mann unterstützt wurde. „Eines Tages fragte ein Habitué ihres Salons: ‚Was ist aus diesem alten Herrn geworden, der immer am Ende des Tisches saß und schwieg?' Die Gastgeberin antwortete lakonisch: ‚Das war mein Mann, er ist gestorben.'"[1]
Die Goncourts schreiben über Mme. Geoffrins Bedeutung für ihre Zeit: Sie „sei es gewesen, die den beiden damaligen Hauptströmungen modischer Rollenentwürfe für Frauen gehobener Kreise, nämlich der raffinierten, launischen Koketterie und der leichtsinnigen Unbeständigkeit oder dem Abheben in schöngeistige Gebiete der Wissenschaften [...] [die Einfachheit entgegensetzte,] indem sie sich fortwährend mit ihr beschäftigte; sie war sehr stolz, fast eitel darauf; sie dachte über sie nach und verbesserte sie. Sie schuf daraus eine Waffe gegen das Benehmen, gegen den Lug und Trug der damaligen Gesellschaft. [...] Sie gab sich stets einfach, spielte ‚das Einfache' gegen ihr ganzes Jahrhundert aus und ging sogar soweit, nach trivialen Bildern, hausbackenen Vergleichen und Metaphern gewöhnlichster Ableitung zu suchen, um auch ihren geistvollsten Ideen alles Anspruchsvolle zu nehmen; [...] ganz Vernunft, mit der

Wurzel im alltäglichen Leben, [...] Und diesen Frieden, der in einem philosophischen Verzicht bestand, hütete sie durch eine regelmäßige und standhafte Lebensführung, [...]. Sie besänftige ihr Geschlecht und heiterte es wieder auf, sie zog die Frau aus ihrem krampfartigen und trunkenen Zustand ... Und mit dem Gefühl der Ruhe kehrte auch der Sinn für das Wahre wieder in diese Gesellschaft ein".[6]

Madame Geoffrin „selbst hatte keinerlei höhere oder künstlerische Ausbildung erhalten, was sich zunächst positiv auf ihre Stellung in der Gesellschaft auswirkte. Übereinstimmend lobten ihre Gäste ihren gesunden Menschenverstand und die Tatsache, dass sie ihre Gäste alle gleich behandelte, indem sie sie, von der Position einer Unparteiischen aus, alle gleichermaßen kritisierte. [...] Die mangelnde Ausbildung der Salonière setzte dem Salon aber auch Grenzen. Womöglich weil sie die Konversation nicht elegant lenken konnte, reglementierte Madame Geoffrin sie. Um ihren Salon nicht ins Gerede zu bringen, verbot sie mehr Themen als in Salons sonst üblich war. Der Diplomat und Schriftsteller Melchior Grimm, ihr Habitué, berichtete ironisch: ‚Mutter Geoffrin teilt mit, sie erneuere die Schutz- und Verbotsvorschriften der vergangenen Jahre, und es sei nach wie vor bei ihr nicht gestattet, von inneren und äußeren Angelegenheiten zu sprechen, desgleichen nicht von Dingen, die sich am Hof, in der Stadt, in Nord, Süd, Ost oder West zugetragen.'"[7]

„Vielleicht war sie ungebildet; sie verglich sich selbst mit einem kleinen runden Baum, der seine Zweige überall ausstreckt. Aber eines konnte sie vorzüglich, nämlich klar denken. Von ihren Freunden erwartete sie nicht nur Esprit, sondern eine Vertrauensbasis und eine bedingungslose Anhänglichkeit, die jedem einzelnen ein Gefühl von Geborgenheit unter ihren mütterlichen Fittichen vermittelte. Da sie stets großzügig und hilfsbereit war, beanspruchte sie das Recht, die Rolle einer mütterlichen Autorität zu spielen. Horace Walpole, den sie 1765 während eines Gichtanfalles besuchte, berichtete: ‚Sie hat eine Art mich zu tadeln, die mich entzückt. Niemals habe ich jemanden gesehen, der so heftig die Fehler, die Eitelkeiten und die Falschtuerei eines jeden angreift. Jetzt habe ich richtig Spaß daran und ernenne sie zu meinem Beichtvater und Seelenführer.'"[1]

Neben der Neigung zur Reglementierung hatte sie aber auch ein großes Herz. „Geben und vergeben' war Marie-Thérèses Devise; sie schenkte gern und mit vollen Händen …"[2] „Sie weiß die Menschen richtig zusammenzuführen, ein Gespräch in Fluss zu bringen und wenn dieses Gespräch zum Streit auszuarten droht, mit einem einfachen, aber bestimmten: *Là, voilà, qui est bien* die Erregung zu meistern. Mit genialer Mütterlichkeit versteht sie ihre Philosophen, ihre Maler und anderen Künstler zu behandeln, ihr warmes Wohlwollen, ihre beruhigende Verständigkeit bilden eine Zuflucht auch für die geistig lebhaften Fremden, die nach Paris kommen."[5] Ihr Salon galt als „der bestorganisierteste, der bestgeführteste ihrer Zeit […], geradezu eine Institution des 18. Jahrhunderts'. (Sainte-Beuve)"[1] Die Enzyklopädisten d'Alembert und Diderot konnten sich, wie alle ihre Salon-Kinder, auf die mütterliche Hilfe von Mme. Geoffrin verlassen. „Als 1759 ein Erlass aus finanziellen Gründen die Publikationen der Enzyklopädisten zu gefährden schienen, verhalf sie ihnen ganz selbstverständlich dazu, ihre Edition problemlos fortzusetzen. [Außerdem vermittelte sie Diderot eine Reise zu Katharina II., die ihm anbot,] den Druck der Enzyklopädie in Russland weiterzuführen."[1] Während Diderot auf Reisen war, ließ Marie-Thérèse, ganz gutmeinende Mutter, eigenmächtig seine Wohnung renovieren und tauschte sogar seinen roten Morgenmantel gegen einen neuen aus, was ihn verärgerte.

Zu Katharina II. hatte Marie-Thérèse Geoffrin im übrigen eine besondere Verbindung. Sie war so etwas wie die kulturelle Informantin der russischen Zarin. „Die innige Freundschaft und die herzliche Aufnahme, die Madame Geoffrin der Prinzessin von Anhalt, der Mutter der späteren Katharina der Großen, in Paris bereitet hatte, stachelten die Neugierde der russischen Zarin an. Auf ihre Initiative hin spann sich eine Korrespondenz zwischen beiden an, die zu den interessantesten des 18. Jahrhunderts gehört. Die Briefe Katharinas II. wurden im Salon der Madame Geoffrin andachtsvoll vorgelesen. […] Eine zu unverhohlene Kritik an Katharinas Staatsführung anlässlich des Todes von Iwan VI., […] sowie die Weigerung Madame Geoffrins, die Zarin in Sankt Petersburg zu besuchen, setzten dieser europäischen Freundschaft ein Ende."[1] Von Madame du Deffand wurde die Geoffrin spöttisch „Zarin von Paris" genannt.

Mit der eigenen Tochter spielte sich im Haus von Madame Geoffrin ein „Geplänkel ab zwischen Erdgeschoß und erstem Stock. [Denn an den Donnerstagen führte die Tochter, eine verheiratete Marquise de la Ferté-Imbault, einen eigenen Salon] in strengem Gegensatz, ja in erklärter Feindschaft zu dem der Mutter. […] Sie ist nicht ohne Geist und Witz, aber der Snobismus, der sich schon bei Mme Geoffrin bemerkbar macht, hat bei der zur Marquise gewordenen Tochter einen ganz verschiedenen Charakter angenommen. Sie hält zu jenem Teil der Aristokratie und Hofgesellschaft, der in Schöngeisterei und Philosophie natürliche Feinde wittert und sie mit verächtlicher Lächerlichkeit strafen will. Diese Partei ist zahlreich und findet ihr Vergnügen in Kartenspiel, Klatsch und Modetorheiten, wie z. B. in jener Wut des *parfilage*, mit der die Damen allerlei Goldgesticktes verzupfen, um von dem so gewonnenen Geld Spiel- oder Kleiderschulden zu tilgen. […]

Mme de la Ferté-Imbault gründete zum Trotz der nachbarlich disputierenden Philosophen ihrer Mutter die *société des Lanturlus*, eine Art Klub, in dem der Unsinn Trumpf werden sollte."[5]

Der Salon von Madame Geoffrin ging als „le royaume de la rue Saint-Honorè" in die Geschichte ein, und einige Herrscher fanden es nicht unter ihrer Würde dieses „Königreich der rue

Saint-Honoré" zu besuchen. So konnte man hier z. B. dem König von Schweden, Gustav II. begegnen.

„Besonders tat sich Madame Geoffrin duch ihre Freundschaft mit Stanislaus August Poniatowsky hervor, den sie als Zwanzigjährigen in Paris in ihrem Salon empfing und bemutterte und der 1764 von der russischen Zarin zum König von Polen ernannt wurde. [Er nannte sie ‚Maman‘ und sie bezahlte ihm die Spielschulden. Er lud sie, als König, nach Polen ein und schrieb ihr: ‚Meine liebe Mama, ich regiere, aber schimpf mich nicht aus.‘] Als sie […] 1766 nach Warschau kam (nach einer Europareise, die sie auch nach Wien zu Maria Theresia führte – dem französischen Geist, d. h. allen Salonièren, öffneten sich damals alle Tore des gebildeten Abendlands), rief er gerührt aus: ‚Voilà Maman!‘"[1] „Sie wollte sich an Ort und Stelle überzeugen, ob ihr königlicher Schüler die Grundsätze, die sie ihm beigebracht hatte, auch anwendet; sie kommt enttäuscht zurück, denn der Herrscher wollte nicht mehr wie ein kleiner Junge behandelt werden und duldete nicht, dass man ihm Wahrheiten ins Gesicht sagt."[3]

Mit Madame du Deffand hatte Madame Geoffrin in ihrem Jahrhundert den passenden Gegenpart, so dass die Grundlage gelegt war für „zwei entgegengesetzte, sich bekämpfende Institutionen. ‚Common sense‘, schlichte Herzlichkeit, bürgerliche Solidität einerseits, Ausschweifungen, überscharfe Intelligenz und Ironie andererseits. Fünfunddreißig Jahre standen sich die beiden Salons gegenüber. Der eine kristallisierte den sozialen und intellektuellen Aufstieg einer Bürgerlichen, der andere stellte den überfeinerten Lebensraum einer extrem gebildeten Aristokratin dar."[6]

Es gibt ein Bild, das die Lesung des französischen Aufklärers d'Alembert bei Madame Thérèse Geoffrin zeigt. Nach wahrscheinlicherer Legende handelt es sich um eine Lesung des Schauspielers Le Kain aus Voltaires „Ophelia de la Chine".

Valerian Tornius schrieb 1925 in seinem Buch über Salons zu den Personen auf dem Bild: „In der Mitte zwischen beiden Türen steht die Büste Voltaires. Zu ihren Seiten hat sich halbkreisförmig die ganze Gesellschaft gruppiert. [...] Die Aufmerksamkeit der meisten ist auf den Tisch in der Mitte des Zimmers gerichtet, wo der berühmte Schauspieler Le Kain eben eine Szene aus Voltaires ‚Orpheline de la chine‘ vorträgt. [...] Vorn in der ersten Reihe sitzt eine Dame mittleren Alters. Ein Spitzenhäubchen umschließt ihr rundliches Gesicht, aus dem nur die Nase scharf hervortritt. [...] Etwas Mütterliches liegt in ihrem ganzen Wesen. Es ist ‚maman‘, ... es ist sie selbst, die freundliche Herrin des Hauses: Madame Geoffrin. [...] Fast glaubt man, sie hörte gar nicht auf die Lektüre hin. Und doch sieht und hört sie alles. Sie weiß, dass sie ihre schiedsrichterlichen Fähigkeiten bald zur Geltung bringen muss, sobald Le Kain seine Vorlesung beendet hat. Dann wird sich der Streit der Meinungen entfesseln, und dann wird ihr gewohntes: ‚Allons, voilà qui est bien‘ zur rechten Zeit dazwischentreten und verhindern, dass die höfliche Grenze der Polemik überschritten wird. Denn darin besteht ihr großes Talent, [...] das Leben durch die Form zu meistern. [...] Und wer ist der alte Herr, der gebückt, die Hände im Schoß gefaltet, zu ihrer Linken sitzt, und den der Prinz von Conti, der den Ehrenplatz neben Madame einnimmt, so prüfend betrachtet, als wolle er sich überzeugen, ob seine Seele noch auf dieser Welt wohne? Es ist Fontenelle, der Hundertjährige. Wie ein Geist aus der Blütezeit des Barock weilt er hier unter den Kindern des Rokoko, das nun bald selbst zu Grabe geht, [...] Hinter seinem Rücken regt sich der Geist der Jugend: da plaudert leise die hübsche Gräfin von Houdetot, in die Rousseau so leidenschaftlich sich verlieben sollte, mit dem gesetzten Montesquieu, plaudert vielleicht über die unlängst erschienene ‚Defense‘, welche die Gegner seiner berühmten Schrift ‚De l'Esprit des Lois‘ so schnell zum Schweigen brachte, plaudert und ahnt nicht, dass sie ihn selbst in kurzer Zeit unter den Toten wird betrauern müssen, früher als Fontenelle, den Hundertjährigen, den Schüler vor dem Lehrer.

An der Büste Voltaires, den Ellenbogen auf das Postament gestützt, lehnt d'Argental, der Freund des Dichters. [...] Nicht weit von ihm ragt die hohe Gestalt Turgots empor, dem später die Rettung der Finanzen Frankreichs zufallen wird. Er steht zusammen mit Diderot und dem Nationalökonomen Quesnay, und es scheint, als ob die Vorlesung ihn wenig interessiere. Der gleiche Vorwurf trifft den rundlichen, wohlgenährten Mann mit dem Vollmondgesicht. [...] Es ist Leclerc de Buffon. Er hat den Arm lässig auf die Stuhllehne gestützt und spricht über die Schulter hinweg mit dem Naturforscher Daubenton. [...] Seine Nachbarin, die geistvolle Mademoiselle Lespinasse, bildet einen vollkommenen Gegensatz zu ihm. Sie fühlt sich im Salon noch nicht heimisch. [...] Manche bekannten Gesichter sieht sie, die ihr schon bei ihrer Tante begegnet sind – d'Alembert, Hénault, Turgot – [...] Hier in diesem Salon begegnet sie allen, die Frankreich mit Stolz erfüllen; es fehlt keiner von Rang und Namen. Nur einen vermisst man [...], der doch die Seele dieses Salons war, ohne den man ihn sich überhaupt nicht denken kann: den Abbé Galiani (, der sollte aber erst vier Jahre nach Entstehen des Bildes nach Paris kommen)."[4]

„Marmontel formuliert das Erfolgsgeheimnis seiner Gastgeberin in seinen Erinnerungen als gleichermaßen aus Raffinesse und Bescheidenheit bestehend: ‚Sie hatte einen einfachen Geschmack sowohl in Bezug auf Kleidung als auch auf ihre Möbel, aber in ihrer Schlichtheit suchte sie gezielt aus. [...] Sie wünschte sich lebhaft, Berühmtheit zu erlangen und sich großes Ansehen in der Welt zu erwerben, aber sie wollte es auf eine stille Art und Weise.'"[7]

„Als sie entschlief, waren die meisten ihrer Freunde bereits tot, und nach einem Wort von Turgot hatte sie bereits seit langem aufgehört zu leben."[3]

1   Heyden-Rynsch, Verena von der (1992): Europäische Salons. Höhepunkte einer
    versunkenen weiblichen Kultur, Artemis & Winkler, München
2   Angermeyer, Erwin u. a.: Große Frauen der Weltgeschichte. Tausend berühmte Frauen
    in Wort und Bild, R. Löwit, Wiesbaden o. J.
3   Chiappe, Jean-Francois (Hrsg.): Die berühmten Frauen der Welt von A-Z, Gütersloh,
    Stuttgart, Wien o. J.
4   Tornius, Valerian (1925): Salons. Bilder gesellschaftlicher Kultur aus fünf
    Jahrhunderten, Berlin
5   Gleichen-Russwurm, Alexander von (1910): Das galante Europa. Geselligkeit der
    grossen Welt 1600-1789, Stuttgart
6   Goncourt de, E. und J. (1963): „Die Frau im 18. Jahrhundert, Scherz Verlag
7   Lund, Hannah (2004): „Die ganze Welt auf ihrem Sopha". Frauen in europ. Salons,
    Berlin
8   Seibert, Peter (1993): Der literarische Salon. Literatur und Geselligkeit zwischen
    Aufklärung und Vormärz. Stuttgart, Weimar

Emilie du Châtelet

Emilie Le Tonnelier de Breteuil, *1706 †1749. Ihr Vater, Protokollchef am Hofe Ludwigs XIV., schrieb von ihr: „Meine Jüngste ist ein wunderliches Geschöpf, dazu prädestiniert, die hausbackenste Frau zu werden. Hätte ich nicht eine so geringe Meinung von verschiedenen Bischöfen, würde ich sie auf

„Nur der Wein ist mise-rabel, aber Voltaires Witz entschädigt dafür reichlich. [...] Die göttliche Emilie nimmt ein lateinisches Buch über Geometrie zur Hand und liest daraus vor [...] Klarheit, Genauigkeit und Eleganz machten ihren Stil aus. [...]"

Unbekannter Künstler: Emilie du Châtelet. Gemälde. Bild zit. n.[6]

eine religiöse Laufbahn vorbereiten und in einem Kloster verstecken.

Sie ist zweimal so groß wie andere Mädchen ihres Alters, stark wie ein Holzfäller, unvorstellbar plump, hat riesige Füße, die man allerdings völlig vergisst, wenn man ihre enormen Hände sieht."[6] In der Annahme, dass sie nie heiraten würde, – sie überragte mit ihrer Größe von 1,75 die meisten Männer ihres Jahrhunderts – bekam sie, um ihr Leben erträglich zu gestalten, eine sehr gute Erziehung. Sie lernt „in sehr jungen Jahren lateinisch, englisch und italienisch."[5] Mit 16 Jahren wurde sie am Hof eingeführt, hatte sich jedoch zu

„einer anziehenden, intelligenten, schlagfertigen jungen Dame entwickelt. Fest entschlossen, ihr Leben in die eigenen Hände zu nehmen, begann sie, sich einen Mann zu suchen."[6]

Im Marquis Florent-Claude du Châtelet-Lomont, einem lothringischen Adeligen, Generalleutnant der Armee, fand sie, was sie suchte: einen etwas älteren, wohlhabenden, möglichst weit von Paris entfernt lebenden Mann mit eigenen Interessen, die die ihren nicht tangierten. Emilie Le Tonnelier de Breteuil heiratete ihn mit achtzehn Jahren. Nachdem sie ihm einen Sohn und eine Tochter, die von Kindermädchen und Gouvernanten erzogen wurden, geboren hatte, waren ihre konventionellen Pflichten erfüllt. „Der Marquis widmete sich seinen Hauptleidenschaften, dem Militär und der Jagd. Die mehr geistigen Passionen seiner Frau duldete er kopfschüttelnd, und ebenso großzügig verzieh er ihr die Liebhaber."[3] „Ihre gesellschaftliche Stellung erlaubte es ihr, einige der größten Wissenschaftler des Jahrhunderts als Privatlehrer zu gewinnen. Der glänzende Mathematiker und Entdecker Pierre Louis de Maupertuis und sein Schützling Alexis-Claude Clairaut unterwiesen sie in Algebra und newtonscher Physik."[6]

Emilie du Châtelet glänzte im Salon der Herzogin du Maine mit ihren schauspielerischen Talenten und Gesangskünsten, aber verärgerte dort auch die Gastgeberin. Sie hatte deren Gastfreundschaft überstrapaziert, weil sie zusammen mit Voltaire eigenmächtig eine große Anzahl von Gästen nach Sceaux geladen hatte.

Als Emilie Voltaire kennenlernte, war sie siebenundzwanzig und er vierzig. Ihre Neigung habe anfangs nicht dem Menschen, sondern dem berühmten Dichter und Gelehrten gegolten. Voltaire schreibt dazu: „Ich war des müßigen und turbulenten Lebens in Paris überdrüssig: der vielen Stutzer, der mit Aprobation und Privileg des Königs gedruckten schlechten Bücher, der

Literatenkabalen, der Niedertracht und Räuberei jener Lumpen, die der Literatur zur Schande gereichen. 1733 begegnete ich einer jungen Dame, die ungefähr so wie ich dachte und die beschloß, einige Jahre auf dem Lande zu verbringen, um fern vom Treiben dieser Welt ihren Geist weiter zu bilden; es war die Marquise du Châtelet, die Frau mit den besten Anlagen zur Wissenschaft in ganz Frankreich."[9]

Er zog im Sommer 1734 so unauffällig wie möglich nach Cirey. Emilie blieb noch in Paris, um sich für die Aufhebung seines Haftbefehls (wegen Voltaires Philosophischen Briefen „*Lettres philosophiques*") einzusetzen und erreichte zumindest dass die Behörden den Fall nicht weiter verfolgten.

„In den dreißiger Jahren des achtzehnten Jahrhunderts entstanden die ersten Pariser Kaffeehäuser, zu denen allerdings Frauen ausschließlich als Kurtisanen Zutritt hatten. Emilie du Châtelet pflegte als Mann verkleidet ihre Freunde Maupertuis und Moreau im Café, wo auch die Philosophen diskutierten, zu treffen. Niemand ließ sich durch die Maskerade täuschen, aber man akzeptierte sie, und Emilie du Châtelet konnte auf diese Weise tiefer in diesen ‚männlichen Wissenschaftsklüngel' eindringen [...] [Nach einiger Zeit verließ Emilie dann Paris.]

Die Jungverliebten ließen sich in Cirey nieder, einem heruntergekommenen Landsitz aus dem 13. Jahrhundert [...] Sie ließen das große Haus vollständig umbauen, statteten ihre Bibliothek mit Tausenden von Bänden, die sie mitbrachten, aus und verwandelten den großen Saal in ein voll ausgerüstetes Laboratorium mit Luftpumpen, Schmelzöfen, Teleskop, Mikroskop und einer ganzen Anzahl weiterer Apparate."[6] „Im Laufe der Jahre [Voltaire wird 15 Jahre bis zu ihrem Tod dort wohnen] hat [er] großzügig Zehntausende von Livres für die Einrichtung seiner Zimmer und die der Marquise ausgegeben."[3] „Der Philosoph verdiente damals viel, sowohl mit seinen Schriften als durch glückliche Spekulation."[5]

„Mme du Châtelet selbst hielt einen Salon […] in Cirey. Man aß schlecht und einfach bei ihr; niemand gab viel auf die Küche in den Häusern der Geistreichen, wer gut essen wollte, ging in die *haute finance* oder zu den Prinzessinnen. Fontenelle, gewöhnt an eine reich besetzte Tafel, verzog wohl sein Gesicht zu übel wollender Grimasse, wenn er den sauren Rotwein zum Munde führte, aber er kam doch, so oft er konnte, Voltaire erzählen, Mme du Châtelet sprechen zu hören. Man sah bei ihr die Marquise de Boufflers, die Herzogin von Richelieu, Maupertuis, den schönen, eleganten Clairault, der, als Wunderkind aufgewachsen, schon mit 10 Jahren in der *Academie des sciences* geredet hatte, den preußischen Kammerherrn Algarotti, man sah Helvetius und den Präsidenten Hénault mit seiner Freundin, der jungen, munteren Mme du Deffand. […]

Alle Besucher, die sich in Cirey aufhielten […] berichten über die manchmal aufgebrachten Diskussionen zwischen den beiden Liebenden, die blitzenden Reden und die Aufführungen des Marionettentheaters."[5] „Abends und bis spät in die Nacht wurden Gäste empfangen. Theaterstücke und Opern aufgeführt. Mit einiger Verwunderung bemerkt […] [Emilie du Châtelet] in ihren Briefen, dass zwei Stunden Schlaf vollkommen ausreichen können."[8]

„Cirey wurde schnell zum französischen Zentrum der newtonschen Wissenschaft mit regelmäßigen Aufenthalten von Maupertuis, Algarotti, Samuel König, Clairault und den Bernoullis und mit engen Beziehungen zu Friedrich dem Großen von Preußen und den Akademien der Wissenschaften in Berlin, Skandinavien und Russland […] auch jüngere Wissenschaftler [hielten sich] in Cirey auf, um bei ihr zu studieren."[6] Den Umgang in Emilies Salon malt Tornius aus: „Wie anders in Cirey! […] Kein luxuriöser Aufwand wird getrieben, keine Extravaganzen werden geleistet. Man lebt in der stillen Zufriedenheit einer ländlichen Häuslichkeit, steht etwas früher auf als in Paris, […] Erst das Souper verbindet alle zu gemeinsamer Geselligkeit. Man isst nicht schlecht, jedoch bescheiden. Nur der Wein ist miserabel, aber Voltaires Witz entschädigt dafür reichlich. […] Die göttliche Emilie nimmt ein lateinisches Buch über Geometrie zur Hand und liest daraus vor; bei jedem Abschnitt zögert sie ein wenig, um sich die Übersetzung zu überlegen: dann rollt der Satz französisch über ihre Lippen. […] Der Präsident Hénault, dessen lukullische Soupers ebenso berühmt sind wie die Nächte der Herzogin du Maine, amüsiert sich hier […] Es herrscht eine wunderbare Intimität. Die Gesellschaft übersteigt selten fünf bis sechs Personen."[2]

Emilies geistige Überlegenheit brachte ihr nicht nur Freunde ein. 1738 verknüpfte sie ihre Einführung in die Physik Newtons mit den Arbeiten von Leibniz und Conway. „Die ‚Einführung' ging weiter als die Philosophien von Newton und Leipniz. Emilie du Chàtelet schloss den ganzen historischen Hintergrund und die neuesten Entwicklungen in der Physik mit ein. Damit gelang es ihr […] praktisch die gesamte Wissenschaft und Philosophie des siebzehnten Jahrhunderts zusammenzufassen. […]

[Dem für zwei Monate in Cirey als Mathematiklehrer zu Gast weilenden Samuel König verriet Emilie, dass sie die Verfasserin des Manuskriptes sei. Und sie bat ihn] um seine Assistenz bei der Revision der Kapitel über die Leibnizsche Metaphysik […] König kehrte im September nach Paris zurück, enthüllte dort einerseits das Geheimnis der Marquise, behauptete unglaublicherweise aber gleichzeitig, er habe ihr das Werk diktiert. [Das zog Hohn und Spott der Zeitgenossen und völlige Ignoranz ihres wissenschaftlichen Erfolges nach sich. Äußerst wehrhaft gegen Verleumdungen und Gemeinheiten, schaffte Emilie du Chàtelet es, dass 1747 die Drucklegung begann.] Veröffentlicht allerdings wurde das Werk erst

1759, zehn Jahre nach ihrem Tod."[6] Voltaire schreibt dazu: „Unser größtes Bemühen galt lange Zeit Leibniz und Newton. Madame du Châtelet hielt es zunächst mit Leibnitz und entwickelte einen Teil seines Systems in einem vorzüglich geschriebenen Buch, den *Institutions de Physique*. Es war ihr nicht darum zu tun, diese Philosophie mit fremdem Schmuck aufzuputzen; solche Geziertheit lag nicht in ihrem männlichen und wahrhaftigen Charakter. Klarheit, Genauigkeit und Eleganz machten ihren Stil aus. Wenn man den Ideen Leibnitz´ je einige Wahrscheinlichkeit beimessen konnte, muß man sie in diesem Buch suchen."[9]

Mit Hohn und Spott zeichnet auch die scharfzüngige Salonière Mme. du Deffand ein Bild von ihr. Aus eigener Anschauung hatte sie sich, als Beteiligte in Cirey, von Emilie du Châtelets Qualitäten überzeugt. Deutlich wird das an der nachfolgenden Portraitierung, die du Deffand von du Châtelet der Nachwelt hinterlassen hat: „Stellen Sie sich eine große und dürre Frau vor, ohne Hintern, ohne Hüften, mit schmaler Brust, zwei kleinen, kaum wahrnehmbaren Brüsten, dicken Armen, dicken Beinen, ungeheuren Füßen, einem winzigen Kopf, einem kantigen Gesicht, einer spitzen Nase, zwei kleinen meergrünen Augen, einem dunklen, roten, hitzigen Teint, einem flachen Mund, mit nur noch wenigen, ganz verdorbenen Zähnen. Das ist das Äußere der schönen Emilie, ein Äußeres, mit dem sie so zufrieden ist, daß sie es an nichts fehlen lässt, um es zur Geltung zu bringen: Volantkräuseln, Troddeln, Edelsteine, gläserne Klunker, alles in Hülle und Fülle; doch da sie wider die Natur schön und trotz mangelnden Vermögens prachtvoll sein will, ist sie häufig gezwungen, auf Strümpfe, Hemden, Taschentücher und andere Kleinigkeiten zu verzichten. [...] Man könnte sagen, die Existenz der göttlichen Emilie sei nichts als Blendwerk: sie hat sich dermaßen bemüht, als etwas zu erscheinen, was sie nicht war, dass man nicht mehr weiß, was sie wirklich ist. Vielleicht sind ihr sogar ihre Fehler nicht von Natur aus gegeben, sondern könnten ihren Ambitionen zuzuschreiben sein: ihre Unhöflichkeit und Rücksichtslosigkeit dem Anspruch auf die Stellung einer Prinzessin, ihre Langweiligkeit und Zerstreutheit dem Anspruch eine Gelehrte zu sein, ihr kreischendes Lachen, ihre Grimassen und Verrenkungen dem Anspruch, eine hübsche Frau zu sein. Doch selbst die Erfüllung so vieler Prätentionen hätte nicht genügt, sie so berühmt zu machen, wie sie es gerne sein wollte: Um berühmt zu sein, muss man gefeiert werden, und das ist ihr gelungen, indem sie die erklärte Geliebte von Monsieur de Voltaire wurde. Er machte sie zum Gegenstand der öffentlichen Aufmerksamkeit und zum Thema privater Gespräche; ihm wird sie es verdanken, wenn sie in den künftigen Jahrhunderten weiterlebt, und bis dahin verdankt sie ihm das, was einen im gegenwärtigen Jahrhundert leben lässt.' Zitiert nach: ‚Correspondance littéraire', März 1777."[7]

Die Häme, die sie traf, war ebenso unmenschlich wie die Bewunderung. Voltaire über sie an den Marquis de Sade : „Eigentlich ist Madame du Châtelet ein Wunder. Sie liest Vergil, Pope und Algebra, wie andere einen Roman lesen würden. In diesem Jahrhundert gibt es nichts so bewundernswertes wie sie."[1] Und Friedrich der Große bemerkt in einem Brief an Voltaire über die Marquise du Châtelet: „Sie werden nicht versäumen, tausend Versicherungen meiner Hochachtung der Marquise du Châtelet zu vermitteln, deren erfindungsreicher Geist sich mit einer kleinen Probe zu offenbaren geruht hat. Es ist nur ein Strahl dieser Sonne, der sich zwischen Wolken blicken ließ: was wird sein, wenn man sie unverhüllt erblickt! Vielleicht sollte die Marquise ihren Geist verbergen, wie Moses sein Antlitz, weil das Volk Israel dessen Klarheit nicht ertragen konnte. Doch selbst wenn ich erblinde, ich muss vorm Sterben dieses Kanaan, dieses Gefilde der Weisen, dieses irdische Paradies sehen."[4]

Emilies wissenschaftliche Veröffentlichungen sind heute vorrangig von historischem Interesse. „Anders erging es dem *Discours sur le bonheur*, jener kleinen persönlichen Schrift aus dem Nachlass der Marquise. […] Die *Rede vom Glück* knüpft an eine lange, philosophische Tradition an, Seit der Antike hat die Frage nach dem glücklichen Leben die Philosophen beschäftigt. […] Sie folgt […] [Epikur] im Rat zur Mäßigung – um des Erhalts der Genussfähigkeit willen; und auch an ihrem Lob der Wissenschaften als Quelle des Glücks scheint außergewöhnlich nur, es zu dieser Zeit von einer Frau zu hören. Sie ist, soweit wir wissen, die erste, die auf die Bedeutung wissenschaftlicher Tätigkeit als Quelle von gesellschaftlicher Anerkennung und Ruhm für Frauen hinweist."[8] „In ihrer Übersetzung von Mandevilles *The Faible of the Bees* wird sie in einem Kommentar deutlicher: ‚Wenn ich König wäre, ich würde einen Missbrauch abschaffen, der die Hälfte der Menschheit zurücksetzt. Ich würde Frauen an allen Menschenrechten teilhaben lassen, insbesondere an geistigen.'"[10]

„Ihren heute noch oder wieder reizvollen Klang verdankt die *Rede vom Glück* jedoch dem widersprüchlichen Nebeneinander von vernunftbestimmten Einsichten und einem Lob der Leidenschaften, das nicht nur die klassisch-epikuräische Tradition sprengt, sondern auch weit über die Ansichten der wenigen Zeitgenossen hinausgeht, welche die Leidenschaften gegen stoische Askese in Schutz nahmen […]

Bei Emilie du Châtelet hingegen verschiebt sich der Akzent und Leidenschaften an sich scheinen zum Ziel zu werden – etwa wenn sie die Passion für das Spiel verteidigt, das unsere Seele in der Spannung zwischen Hoffnung und Furcht ‚ihr Dasein spüren läßt'. Auch preist sie die Liebe, der wir nicht nur die lebhaftesten und angenehmsten Empfindungen verdanken, sie sei vielleicht sogar die einzige Leidenschaft, ‚die es vermag, uns nach dem Leben verlangen zu lassen'."[8]

Bei genauerer Betrachtung von Emilie du Châtelets Leben und Lebensführung findet man bestätigt: „ihr fehlt eigentlich das, was eine Rokokodame auszeichnet, wenn man nicht das Rokokomäßige bloß in Äußerlichkeiten sehen will. Ihr fehlt die göttliche Leichtfertigkeit, sich über ernste Situationen mit Grazie hinwegzusetzen. Jeder Flirt nimmt in ihrem Leben sofort die Dimension einer Leidenschaft an, einer Leidenschaft, wie sie nur noch in der Zeit des Großen Condé in Mode stand. Sie versteht es nicht, – was alle Damen ihrer Zeit verstehen – die Liebe als einen Augenblicksrausch auszukosten, der, indem er verflogen, auch schon vergessen ist. Sie stürzt sich mit ihrer ganzen Persönlichkeit in den Feuerbrand einer Leidenschaft hinein, unbekümmert darum, ob sie in den Flammen verbrennt, oder ob sie heil an Leib und Seele aus ihnen hervorgeht. Es liegt etwas Heroisches in ihrem Wesen, Heroisches im Sinne ungezügelter Tatkraft und mutiger Einsetzung ihres ganzen Ichs in die Erkämpfung eines Zieles."[2]

1748 erhalten Madame du Chatelet, inzwischen zweiundvierzig Jahre alt und der fast sechzigjährige Voltaire eine Einladung an den Hof des im Exil lebenden polnischen Königs Stanislaus nach Lunéville. Dort verliebt sich die Marquise in den um zehn Jahre jüngeren Gardeoffizier Saint Lambert. Im Alter von 42 Jahren wird Emilie schwanger von Saint Lambert und das Trio du Châtelet/Voltaire/ Saint Lambert plant ein Treffen mit dem Ehemann in Cirey, um das Gesicht von allen Beteiligten zu wahren. Nach vierzehnjähriger Pause wird eine intime Annäherung zwischen den Eheleuten arrangiert und der Ehemann fällt (oder will) auf Emilies Schauspielkunst herein(fallen), muss also keinen Zweifel an der Rechtmäßigkeit seiner Vaterschaft hegen.

„Voltaire empört sich zwar anfangs heillos über die Untreue seiner Freundin, aber die ‚göttliche Emilie' versteht es, ihm so gründlich Vorhaltungen über seine klapprige Körperkonstitution zu machen und seine Unfähigkeit zur Liebe nachzuweisen, dass der

Philosoph die Berechtigung dieser Vorwürfe einsieht, sich mit ihr aussöhnt und ohne Groll dem Jüngeren den Vortritt überläßt."[2] So stellt es Tornius in seinen *Salon-Berichten* dar, ihre eigenen Worte klingen anders. Sie schreibt in ihrer „*Rede vom Glück*": „ich war zehn Jahre lang in glücklicher Liebe mit dem verbunden, der meine Seele bezwungen hatte; diese zehn Jahre habe ich Seite an Seite mit ihm verbracht, ohne irgendeinen Anflug von Überdruss oder Langeweile. Als Alter, Krankheit, ein wenig vielleicht auch die Leichtigkeit, mit der die Lust zu haben war, seine Neigung minderten, habe ich es lange gar nicht bemerkt; ich liebte für zwei, ich teilte mein ganzes Leben mit ihm, und mein Herz, von trüben Ahnungen verschont, genoss das Vergnügen zu lieben und die Illusion, sich geliebt zu glauben. Es stimmt, ich habe diesen so glücklichen Zustand verloren, und es hat mich viele Tränen gekostet. […] Das Wissen um die Unwiederbringlichkeit seiner Neigung und seiner Leidenschaft, was, wie ich wohl weiß, nicht in der Natur liegt, hat mein Herz unmerklich zum Gefühl der Freundschaft geführt, und dieses Gefühl, verbunden mit der Leidenschaft für die Wissenschaft, machte mich glücklich genug."[8]

„Emilie rechnete nicht damit, die Geburt zu überleben, und war entschlossen ihre Arbeit an Newton vor dem Wochenbett zu vollenden. Ihre Tochter kam am 4. September 1749 in Lunéville zur Welt. Nach Voltaires Version gebar sie das Kind, während sie am Schreibpult saß. Sie soll es auf einen Geometrieband gelegt und der Zofe geklingelt haben. Einige Tage darauf starb Emilie du Châtelet am Kindbettfieber."[6]

Emilie du Châtelet ist ebenso wie Madeleine de Scudéry über ihre konversationellen Verdienste hinaus zu rühmen wegen ihrer inneren Unabhängigkeit und des bewunderungswürdigen Mutes, ihre emanzipatorischen Bestrebungen zu leben. Madeleine ist 94 Jahre alt geworden, Emilie hatte knapp die Hälfte der Zeit. „„Das Weltall hat die vergeistigte Emilie verloren,' sollte Voltaire schreiben, der lange brauchen wird, um sich über den

Verlust einer glühenden, arbeitsamen und bequemen Gefährtin hinwegzusetzen."[5]

„Emilie du Châtelet hat in erheblichem Maße Anteil an der Entwicklung der wissenschaftlichen Denkweise in Frankreich. [...] [In einem Brief an Friedrich den Großen beschreibt sie sich:] ‚Beurteile mich nach meinen eigenen Verdiensten oder nach dem Mangel daran, betrachte mich nur nicht als Anhängsel dieses großen Generals oder jenes berühmten Gelehrten, dieses glänzenden Sterns am Hofe Frankreichs oder jenes anerkannten Schriftstellers. Ich bin eine eigene, vollwertige Person, verantwortlich für alles, was ich bin, sage und was ich tue. Es mag Metaphysiker und Philosophen geben, die mehr wissen als ich, obwohl ich keinem begegnet bin. Trotzdem sind auch sie schwache Menschen mit ihren Fehlern. Wenn ich also die Summe meiner Verdienste ziehe, darf ich gestehen, dass ich keinem unterlegen bin.'"[6]

1   Heyden-Rynsch, Verena von der (1992): Europäische Salons. Höhepunkte einer versunkenen weiblichen Kultur. Artemis & Winkler, München
2   Tornius, Valerian (1925): Salons Bilder gesellschaftlicher Kultur aus fünf Jahrhunderten. Berlin
3   Holmsten, Georg (1971): Voltaire. Reinbek
4   Pleschinski, Hans (1992): Aus dem Briefwechsel Voltaire – Friedrich der Grosse. Zürich
5   Chiappe, Jean-Francois (Hrsg.): Die berühmten Frauen der Welt von A-Z, Gütersloh, Stuttgart, Wien o. J.
6   Alic, Margarete (1937): Hypatias Töchter. Der verleugnete Anteil der Frauen an der Naturwissenschaft. Zürich
7   Badinter, Elisabeth (1983): Emilie, Emilie. Weiblicher Lebensentwurf im 18. Jahrhundert. München, Zürich
8   Châtelet, Madame du (1999): Rede vom Glück. Discours sur le bonheur. Berlin
9   Voltaire: Über den König von Preussen. Memoiren, Frankfurt a. M.19671
10 http://upload.wikimedia.org/wikipedia/commons/8/8f/Cirey-1.jpg

Louise d' Epinay

Louise, Florence, Pétronille la Live d'Epinay, *1726 †1783. Ihr „Vater, der Baron Tardieu d' Esclavelle, heiratete im Alter von 58 Jahren ihre Mutter, ein Fräulein Prouveur de Preux, die damals 30 Jahre alt war. [...]Als Brigadegeneral der Infanterie war er zum Gouverneur der Festung von Valenciennes ernannt worden. Dort kam

Jean-Etienne Liotard (1702-1790): *Portrait Madame d' Epinay. Gemälde nach Pastell. Bild zit. n.*[3]

„... eine angenehme, lebhafte, ungezwungene Gesprächspartnerin, die immer den richtigen Ton, treffende und klare Worte findet [...] Ein Adler in einem Käfig aus Gaze"

Louise am 11. März 1726 zur Welt, [...] als einzige Tochter [...] umsorgt von einer zwar frommen, aber warmherzigen Mutter und einem 60jährigen Vater."[1]

Als sie mit 10 Jahren den Vater verlor, war alles mit einem Schlag vorbei. Mutter und Tochter waren auf sich gestellt. Die Mutter hatte es versäumt, sich Gönner und Freunde bei Hof zu machen, um in den Genuß einer kleinen Pension zu kommen. Louise wird zuerst bei einer Tante, Mme. de la Live de Bellegarde, Frau eines reichen Steuerpächters untergebracht. Diese Mutter von sechs Kindern, autoritär und hart, demütigte Louise fortwährend. „Bis zum Überdruss bekommt sie zu hören, sie solle ‚ihren Ton ändern, denn sie ist nur noch ein Mädchen von armer Herkunft.' [Nach einigen Monaten kommt sie für zwei Jahre in eine Klosterschule, die sie] [...] vor Frömmigkeit triefend [verlässt. Sie lebt letztlich mit der Mutter 25 Jahre unter einem Dach, der es gelang,] ... die Nabelschnur am Leben zu erhalten, bis 1756 Grimm in das Leben ihrer Tochter trat."[1]

Ihr „Bewunderer Lubière hat ein Porträt hinterlassen, in dem es heißt: ‚Kurze, witzige Bemerkungen oder die amüsanten Wortgefechte einer geistreichen Konversation sind nicht ihre Stärke; man wird von ihr wohl nicht sagen, dass sie im gesellschaftlichen Umgang sonderlich geistvoll ist. Sei es die Gewohnheit eines zurückgezogenen Lebens, sei es Schüchternheit, man bemerkt eine gewisse Gehemmtheit [...] Erst in ihrem eigenen Kreis zeigt sie, wie geistvoll sie ist; dort ist sie eine angenehme, lebhafte, ungezwungene Gesprächspartnerin, die immer den richtigen Ton, treffende und klare Worte findet." [...] Voltaire [...] [bemerkte] seinem engen Freund d' Argental gegenüber [auf Louise d' Epinay bezogen] [...]: ‚Es gibt da kein Mischmasch. Das ist Lebensweisheit, ganz unzweideutig, ganz entschieden, ganz bestimmt.' Mit einer noch brillanteren Formel hat er die Persönlichkeit seiner Freundin auf folgenden Nenner gebracht: ‚Ein Adler in einem Käfig aus Gaze' [...]

Von [...] [einer Freundin] wird die junge Louise, das Ergebnis ihrer Erziehung [der Einbrüche und widersprüchlichen Erfahrungen ihrer Jugend], so charakterisiert: ‚Sie ist flatterhaft, sie ist lebhaft, sie ist von Eltern [es gab bis 1751 einen Stiefvater] besessen, die ich als dumm bezeichnen möchte. Sie haben ihr den Kopf mit allen möglichen verkehrten und kindischen Ideen vollgestopft. Manchmal möchte sich ihr Geist Geltung verschaffen, doch ihre Flatterhaftigkeit und ihre Schüchternheit hindern sie immer wieder daran, sich nach sich selbst zu richten. Sie läßt sich wie ein Kind lenken und glaubt, dass immer alle außer ihr recht haben."[1]

1755 heiratet Louise ihren Vetter ersten Grades La Live d' Epinay aus Liebe. Er ist der älteste Sohn jener fürchterlichen Tante ihrer Kindheit. Mit Hilfe von Lügen und erst nach dem Tod der Mutter erreicht er von seinem Vater die Einwilligung. „Kaum verheiratet ist sie schon schwanger."[1] Ihr Mann spielt den Lebemann, entlockt ihr Ersparnisse, um Schauspielerinnen zu verführen, besteht auf getrennten Schlafzimmern und macht Schulden, weil er auf sein Erbe, also auf den Tod des Vaters, wartet. Auf ihre Vorhaltungen und Klagen reagiert er ungerührt: „Sie müssen sich zerstreuen, gehen Sie in Gesellschaft, gehen Sie ins Theater, legen Sie sich Verhältnisse zu; kurz, leben Sie wie alle Frauen Ihres Alters. Das ist das einzige Mittel, mir zu gefallen."[4]

Frustriert von ihrer Ehe stürzt sich Louise auf die Mutterrolle. Sie möchte ihren Sohn, außergewöhnlich für die Zeit und ihre Kreise, selber stillen und bittet ihren abwesenden Mann brieflich um Erlaubnis. Auf ihre guten Gründe schreibt er zurück: „Das ist mal wieder eine der verrückten Ideen, die meiner armen, kleinen Frau gelegentlich in den Sinn kommen. [...] Ich hätte mich fast totgelacht. Selbst wenn Sie stark genug wären, glauben Sie, dass ich einer solchen Lächerlichkeit zustimme? [...] Es ist gegen den gesunden Menschenverstand."[4] Über Verbleib und Erziehung des Kindes bestimmen ihr Mann, ihre Mutter und der Schwiegervater. Sie wird noch drei weitere Kinder haben. Eine Tochter, die nach einem Jahr stirbt und zwei Kinder von ihrem Liebhaber Francueil, nämlich eine weitere Tochter Angélique, die sie versucht nach Erziehungsgrundsätzen, die sie für richtig befindet, aufwachsen zu lassen und einen Sohn, von dem sie nie spricht und den sie weggibt.

Der Schriftsteller Charles Louis Claude Dupin, Seigneur de Francueil (1716-1780) „war mit Maria-Aurora von Sachsen (1748-1821), der illegitimen Tochter von Hermann Moritz von

Sachsen, verheiratet und damit der Urgroßvater der Schriftstellerin Aurora Dupin, besser bekannt als George Sand."[9]

Er war die Lehre aus ihrer Ehe. Louise d' Epinay hatte, unbestimmt und heuchlerisch wie sie in jungen Jahren war, einen schlechten, moralischen Ruf, der auf nichts Konkretem beruhte, aber von ihrem Mann aus Eigennutz verstärkt wurde. Francueil war ihr erster Liebhaber, an dem sie sehr hing, auch als er sie schon längst mit anderen Frauen betrog, bis Melchior Grimm in ihr Leben trat.

„Im Jahre 1756 ist Mme. d' Epinay dreißig Jahre alt. Seit über zwei Jahren ist sie die Geliebte Grimms. Dank seiner Hilfe hat sie beginnen können, ihre Persönlichkeit zu befreien. Ihre Selbsteinschätzung stützt sich immer weniger auf die Sicht der anderen. [...] [Ihre] in ‚Me moments heureux' versammelten Texte berichten von der ‚Wiedergeburt' von Mme. d' Epinay, von der Erlangung ihrer Unabhängigkeit. [...] Sie kommt über Grimm mit dem Kreis der Enzyklopädisten zusammen und versammelt eine kleine, vertraute Gesprächsrunde um sich, die sich entweder in Paris oder auf dem nahe der Hauptstadt gelegenen Landgut La Chevrette bei Montmorency trifft. Hier richtet sie auch für Rousseau, als er sich in einer seelischen Krise befindet, ein Gartenhaus, [die ‚Eremitage'] her, in das er sich zurückziehen kann."[2] Er lebt dort zurückgezogen anderthalb Jahre, bis zum Dezember des Jahres 1757. In einem Brief, den Diderot am 15. November 1757 an ihn schreibt, deuten sich die Probleme Rousseaus an, mit denen er zu kämpfen hat und die es ihm auch nicht möglich machen, das Geschenk, das ihm Louise d' Epinay mit diesem Landaufenthalt gemacht hat, dankbar anzunehmen. Diderot an Rousseau: „Noch einmal will ich offenen Herzens mit Ihnen reden, mein Freund. Sie haben angenommen, dass alle Ihre Freunde ein Komplott geschmiedet hätten, um Sie nach Genf zu schicken und diese Vermutung ist falsch. [...] Ich habe Ihnen, Sie vorsichtiger Mensch, einen Brief geschrieben, der nur

für Sie bestimmt war und den Sie Grimm und Madame d'
Epinay zu lesen gegeben haben. Ärger, Ausflüchte, die kleinen
Lügen gleichkommen, Missverständnisse, peinliche Fragen und
ausweichende Antworten waren die Folgen dieser Indiskretion.
[…] Eine weitere Nachlässigkeit: Sie schreiben mir eine Antwort
und lesen diese Madame d' Epinay vor, ohne zu bemerken, dass
darin beleidigende Äußerungen über sie enthalten sind, dass
sie darin als unzufriedenes Wesen bezeichnet wird, dass ihre
Dienste dort mit Geringschätzung bedacht werden, was weiß ich
noch alles? Und was ist diese Antwort auf mich bezogen? Bit-
tere Ironie, eine beleidigende und verächtliche Belehrung eines
Schülers durch seinen strengen Lehrer! Sie scheuen sich nicht,
uns beide in einer solchen Weise vor einer Frau darzustellen,
über die Sie den Stab gebrochen haben."[6]

„Psychiater sind der Ansicht, dass der Verfolgungswahn, an dem
Rousseau in manchen Perioden seiner letzten zwanzig Lebens-
jahre litt, im Sommer 1757 zum erstenmal zum Ausbruch kam.
Seit dieser Zeit hatte er in häufig wiederkehrenden Intervallen
den Eindruck, von *geheimen Verschwörungen, Spielen der Intrige
und Bosheit* umgeben zu sein. Madame d' Epinay, Grimm, Diderot, die Mutter Thérèses [Levasseur], Voltaire und Dr. Tron-
chin im fernen Genf – alle waren nach Rousseaus Ansicht seine
Feinde, betrachteten ihn als *einen unrettbar verlorenen Menschen
und machten sich ein Vergnügen daraus, ihn völlig zu vernichten.*"[7]

Wenn Grimm auf Reisen ist, vertritt Louise d' Epinay ihn zusammen mit Denis Diderot bei der Herausgabe der *Correspondance Littéraire*. Fast alle Artikel schreibt sie. Grimm hat mit
der *Correspondance Littéraire*, „deren Leitung er 1753 nach dem
Abbé Raynal übernimmt, ein Publikationsforum eröffne[t], das
bei aller halbprivaten Verbreitung und unerlässlichen Rück-
sichtnahme auf die aristokratischen Leser und Leserinnen doch

zumindest die staatlichen und kirchlichen Zensurinstanzen nicht einzukalkulieren hat."[8]

Grimm macht, als er für längere Zeit abwesend sein muss „Louise mit der gesamten diplomatischen Welt bekannt: Thun, Baron von Gleichen, Lord Stormont, Marquis Caracioli, Fuentes, Mora, Pignatelli, und bald auch Abbé Galiani [der ein lebenslanger Freund und Briefkorrespondent für sie wird.] [...]

Mme. d' Epinay [...] erwarb ihr Wissen und entwickelte ihren Geist in endlosen Gesprächen. Im Gegensatz zu andern Frauen ihrer Zeit pflegte sie nicht die Kunst des Redens, sondern die Kunst des Zuhörens. Die wertvollen Gespräche hielt sie schriftlich fest und bildete sich dann ihre eigene Meinung. [...] Von manchen Historikern ist [...] [sie] zu den wichtigsten Veranstalterinnen eines Salons im 18. Jahrhundert gerechnet worden. [...] Ihre Freunde trafen sich ganz ungezwungen bei ihr. Sie hat nie einen festen Empfangstag mit einer im voraus festgelegten Tagesordnung bestimmt. [...] Sie besaß weder die Autorität noch den Sinn dafür, eine ‚Salondame' zu sein. Sie suchte einfach die menschliche Klugheit und Herzlichkeit [...] Diderot [...] wird zum unzertrennlichen Freund des Paares. [...]

Bei ihr darf man sich ungehindert über alles äußern. Ihre Gäste streiten sich freimütig über neuerschienene Bücher, diskutieren über die Dogmen des Christentums, kritisieren die Maßnahmen der Regierung und die Beschlüsse des Parlaments. [...] Die Anhänger der italienischen Musik hören bei ihr die Werke Piccinnis; nach einhelliger Ansicht führt Mme. d' Epinay einen der glänzendsten Salons, weil sie das Gegenteil der klassischen Gesellschaftsdame ist. Zehn Jahre lang treffen sich bei ihr die führenden geistigen Köpfe von Paris; kaum einer, den sie nicht kennt."[1]

An anderer Stelle wird in der Aufarbeitung der Salonkultur gerade der Salon von Louise d' Epinay als Beispiel für das Scheitern „eines Kommunikations- und Geselligkeitsmodells interpretiert werden, das die Vermittlung der individuellen Interessen durch Feststellung gemeinsamer Interessen als Leistung der Salondame vorsah. [...] [Gemeint sei die] Mode, Salons zu Cafés umzugestalten. [Als Beweis dient das Zitat aus einem Ihrer Briefe:] ,Man stellte [...] [so d' Epinay] kleine Tische zu drei bis vier Plätzen auf, die man theils mit Karten, Schach- und Damenbrettern (!), Trictrac etc. belegte, theils mit Bier, Wein, Orangeade und Limonade besetzte. Die Herrin vom Hause, welche den Kaffee gab, war auf *englisch* gekleidet, in einen kurzen einfachen Rock, einer Musselinschärpe, einem Umschlagetuch und kleinen Hut. Vor sich hatte sie einen langen Tisch in Form eines Comptoirs, auf welchem man Orangen, Biscuit, *Broschüren und alle Zeitungen* fand [...]. Die Diener trugen weiße Weste und weiße Mütze und wurden, wie in den öffentlichen Kaffehäusern ,garçons' gerufen. Die Herrin des Hauses stand vor niemand auf und jeder setzte sich, wo er wollte."[9]

1762 wird Louise d' Epinays Mann, weil seine Schulden ein Übermaß angenommen haben, seines Postens als Generalpächter enthoben. Sie handelte für seinen Schuldenberg einen Nachlass aus, das Schloss Chevrette wird vermietet und das prunkvolle Stadthaus aufgegeben. Louise lebt mit Grimm, Mutter und Tochter in einem kleinen Haus am Stadtrand. Aus Angst, ihre Tochter unversorgt zu sehen, verheiratet sie diese mit vierzehneinhalb Jahren an einen sehr reichen, 37 Jahre alten, stellvertretenden Kommandanten aus der Provinz, der nach einer Verletzung einen Hirnschaden zurückbehalten hatte. Ihre Vorstellungen über ein selbstbestimmtes Leben ihrer Tochter gibt sie damit auf. Ihr ältester Sohn ist inzwischen in die Fußstapfen seines Vaters getreten und ein Glücksspieler und Schuldenmacher geworden.

1769 hat Grimm sie verlassen und auch ihr bester Freund, der Abbé Galiani, wird innerhalb von vier Tagen aus Paris nach Neapel abberufen. In dieser Zeit entschließt sich Louise d' Epinay, obschon an Magenkrebs erkrankt, ihre kleine Enkelin Emilie bei sich aufzunehmen, um uneingeschränkt ihre Erziehungsgrundsätze, die von den gängigen ihrer Zeit abweichen, verwirklichen zu können. Am 4. Oktober 1769 schreibt sie an ihren Brieffreund Galliani: „Ich glaube, zum Trost für all das Unheil, das mich verfolgt, werde ich Schullehrerin werden, oder richtiger gesagt, ganz einfach Entwöhnerin. Tief aus den Pyrenäen ist meine kleine zweijährige Enkelin gekommen, ein originelles kleines Geschöpfchen. Sie ist schwarz wie ein Maulwurf, von spanischer Gravität, von wahrhaft huronischer Wildheit. Dabei hat sie die schönsten Augen der Welt, eine gewisse natürliche Anmut, ein Gemisch von Güte und Ernst in ihrem sehr ausgesprochenen und für ihr Alter sehr eigenartigen Persönchen. Ich wette, sie wird einmal Charakter haben, sicher. Und damit sie fest darin werde, habe ich Lust bekommen, dies kleine Geschöpf zu erziehen. Ich werde mir damit eine schreckliche Fessel anlegen. Ich kenne mich, ich muß es reiflich überlegen; oder vielmehr: ich muß das nicht tun und gesenkten Hauptes in diese neue Schlinge gehen, die mir das Schicksal gelegt hat; ihr Geschick wird darum nicht schlechter sein. [...] Morgen nehme ich sie von ihrer Mutter fort, ich nehme sie zu mir, und dann wollen wir einmal sehen, was aus einem Kinde werden wird, das in voller Freiheit und ohne jeden Zwang aufwächst. [...] Denken Sie sich: ich bin die einzige, vor der sie keine Angst hat. Sie lächelt mir zu, Abbé, verstehen Sie? Und dann heißt sie Emilie. Welch reizender Name! Wie könnte man da widerstehen!"[3]

Sie „hat keine Angst, aus Emilie ,eine Vernünftlerin' oder eine gelehrte Frau zu machen, vorausgesetzt, dass sie nicht besserwisserisch mit ihren Kenntnissen prahlt."[1] Sie schreibt ihre Erziehungsprinzipien in Form von Gesprächen mit der Enkelin auf. Für ihre „*Conversations d' Emilie*" erhält sie am 13. Januar 1783 den „*Prix Montyon*" der *Académie française*. Drei Monate nach diesem Lebenserfolg stirbt Louise d' Epinay „in Anwesenheit von Grimm, ihrer Tochter und ihrer Enkelin. [...]

Alle Pädagogen, von Fénelon über Mme. de Maintenon, die Marquise de Lambert und Rousseau bis hin zu Mme. de Genlis, haben nur ein einziges Ziel verfolgt: die Mädchen zu ihrer künftigen Bestimmung als Ehefrau, Mutter und Hausherrin heranzubilden. [...] Mme. d' Epinay [...] kehrt das von Jean-Jaques aufgestellte Abhängigkeitsprinzig um [...] sie [hat] zweihundert Jahre vor vielen anderen begriffen [...], dass die Frauen für ihr Glück selbst aktiv werden müssen und sich nicht allein auf die Männer verlassen dürfen."[1] Für sie ist ganz klar: „Es steht fest, dass Männer und Frauen von gleicher Konstitution sind. Das wird dadurch bewiesen, dass bei den Wilden die Frauen ebenso robust, ebenso behende sind wie die Männer. Die Schwächlichkeit unserer Konstitution und unserer Organe liegt daher sicherlich an unserer Erziehung und ist eine Folge der Stellung, die man uns in der Gesellschaft zugewiesen hat."[5]

1 Badinter, Elisabeth (1983): Emilie, Emilie. Weiblicher Lebensentwurf im 18. Jahrhundert, Piper
2 Holmsten, Georg (1997): Jean-Jaques Rousseau, rororo bildmonographien, Reinbek
3 Abbé Galiani, Fernando (1970): Briefe an Madame d' Epinay und andere Freunde in Paris, München
4 Pechel, Rudolf (Hrsg. 1913): Rokoko, Berlin
5 Tiedtke Marion und Margot Brink (1995): „Einen eigenen Willen zu haben, erschiene mir wie ein Verbrechen" Louise Epinay, eine „Femme d' esprit" in Bubenik-Bauer, Iris u. Ute Schalz-Laurenze (Hrsg.): Frauen in der Aufklärung, Frankfurt a. M.
6 Victor, Walter (Hrsg. 1989): Diderot. Ein Lesebuch für unsere Zeit, Berlin und Weimar
7 Holmsten, Georg (1997): Jean-JacquesRousseau, rororo bildmonographie, Reinbek
8 Borek, Johanna (2000): Denis Diderot, rororo Monographie, Reinbek
9 Seibert, Peter (1993): Der literarische Salon. Literatur und Geselligkeit zwischen Aufklärung und Vormärz, Stuttgart/Weimar

Julie de Lespinasse

Julie de Lespinasse, *1732 †1778. Echte Rokokoromantik umspielt schon ihre Geburt, denn Madame du Deffands Bruder, der Marquis von Vichy, liebte einst die schöne Gräfin d' Albon. Diesem Verhältnis entstammte Julie, deren Geburt mit Rücksicht auf die Stellung der Mutter verschwiegen werden musste. Das Mädchen erhielt

„Mit seltsamem Heroismus weiß sie trotz aller Schmerzen zu bezaubern, heiter und anregend zu sein, fein und verständnisinnig mit den besten Köpfen der Zeit zu plaudern."

Delvaux nach Carmontelle, 18. Jahrh.: Julie de Lespinasse. Kupferstich. Bild zit. n. Borek[5]

nach einem Landgut der Gräfin den Namen „Lespinasse". „Aufgewachsen in ländlicher Stille, in der ihr frühreifes und leidenschaftliches Gemüt keine Befriedigung finden konnte, nach dem Tod ihrer Mutter in einem Zustand der Unsicherheit und in steter Furcht vor den Quertreibereien ihrer Verwandten lebend, eine Zeit lang vergeblich das Heil ihrer Seele einem Kloster anvertrauend, ging sie nach einigem Zögern [1754] auf das Anerbieten ihrer Tante ein, als Gesellschaftsdame bei ihr zu fungieren.

[Madame du Deffand, alt geworden und fast erblindet, hatte vielleicht die Hoffnung, ihrem Salon durch das Erscheinen der

Nichte den jugendlichen Elan zurückzugeben und einen neuen Geist einkehren zu lassen. Es kam jedoch anders.] Unwillkürlich ging das Interesse der Gäste von der blinden Marquise auf die einundzwanzigjährige, keineswegs hübsche aber außerordentlich sympathische Nichte über. Der Damenfreund Hénault, der eben an der Schwelle der Siebzig stand, verfiel sofort dem Zauber ihrer Erscheinung. Ebenso erging es dem Chevalier d'Aydie, [...] Den Fußstapfen dieser beiden ältlichen Galans folgten jüngere Männer. Ja selbst Madame du Deffands vertrautester Freund d'Alembert wurde abtrünnig."[1]

Da Madame du Deffand auf Grund ihrer Schlaflosigkeit lange ruhte und erst in den späten Abendstunden empfing, pflegten sich ihre Gäste schon früher in Julies Wohnung, die ein Stockwerk höher lag, zu versammeln. Das wurde bald zur Gewohnheit. Madame geriet in großen Zorn, als sie bemerkte, – inzwischen war Julie schon 10 Jahre bei ihr im Hause – dass sie nicht die alleinige Gastgeberin war. Sie taufte Julie „fortan spöttisch ‚Muse der Enzyklopädie', wozu sie ironisch bemerkte, die Jungfrau Maria möge sich nur vor ihr in acht nehmen, dass nicht jene ihr am Ende gar den Gottvater abspenstig mache."[1]

Schließlich stellte sie die Habitués vor die Wahl, sich für sie oder ihre Nichte zu entscheiden. Die Wahl fiel auf Julie, die daraufhin von der Tante hinausgeworfen wurde und sich eine neue Bleibe suchen musste. Das wäre ihr ohne die Hilfe von Freunden nicht leicht gefallen, da sie mittellos war. Diese Hilfe war zum Teil nicht ganz uneigennützig. Zum Beispiel wurde sie von der Konkurrentin und Intimfeindin der Tante, Madame Geoffrin, mit Barmitteln versorgt. Die „setzte ihr eine Leibrente von 2000 Livres jährlich und dann nochmals 1000 Taler im Jahr aus, so dass Mlle. de Lespinasse schließlich eine Einnahme von 8500 Livres besaß. Sie zog zuerst in die Rue St. Dominique, dann in die Rue de Bellechasse, wo sie mit d'Alembert in der größten

Intimität, aber in allen Ehren zusammenlebte."⁶ Die Marschallin von Luxemburg stiftete Julie de Lespinasse Möbel und so eröffnete sie 1764 einen eigenen, bescheidenen Salon.

Man sprach in ihrem Salon „ungezwungen und unsystematisch, in einer Atmosphäre von Freiheit und Vielseitigkeit"². „Und sie übertraf in der Kunst, jeden nach seiner Art zu behandeln, jeden in seinem Bereich zu fördern [...] ‚Sie hatte ihre Leute da und dort in der Gesellschaft aufgelesen' berichtet Marmontel in seinen Memoiren, ‚aber so gut ausgewählt, dass sie bei ihrem Zusammensein so harmonisch zusammenstimmten, wie die Saiten eines Instrumentes, das eine erfahrene Hand bezogen. Ich könnte, um bei dem Vergleich zu bleiben, sagen, dass sie auf diesem Instrument mit einer Kunst spielte, die an Genie grenzte.' Wie virtuos beherrschte sie die Kunst, Diskussionen anzuregen und durch dazwischengeworfene Bemerkungen stets neuen Stoff in die Unterhaltung zu bringen! Mit seltener Anmut, bald mildernd, bald anfeuernd, spann sie die Fäden des Gesprächs und lenkte sie von einem Thema zum andern."¹

„Das besondere Interesse an Julie gründet sich nicht nur auf ihren Salon. Ihr Leben war romanhaft, ihre Korrespondenz ein anrührender Niederschlag ihrer sich bis zum Delirium steigernden Leidenschaft."² „Sie muss in der Tat ein Wesen von ganz außerordentlicher Art gewesen sein. Sie hat, ohne schön, ohne auch nur hübsch zu sein, nicht nur alle Männer bezaubert, die in ihre Nähe kamen, sondern auch, was schließlich viel mehr sagen will, alle Frauen. Sie war die einzige Dame, welche Mme. Geoffrin regelmäßig zu ihren Montags- und Mittwochs-Diners hinzuzog, [...] ‚Die Art, wie sie versteht, die Unterhaltung in einem Grade gleichmäßiger Wärme zu erhalten, ist entzückend' schrieb Mme. Suard.

Mlle. de Lespinasse lebte, [...] [seit sie Mme. du Deffand vor die Tür gesetzt hatte] nur ihren Freunden. ‚Ich kenne nur ein

Vergnügen', schrieb sie 1773 an Condorcet, ‚ich habe nur ein Interesse, das der Freundschaft.'"[6] „Der Philosoph d' Alembert war die geistige Mitte ihrer Geselligkeit und zog den gesammten Kreis der Enzyklopädisten in die einfache Wohnung Rue de Bellechasse, wo sich zwischen 18 und 22 Uhr die geistige Elite von Paris traf, um sich anschließend zum späten Souper bei Madame du Deffand einzufinden."[2] Bei Julie de Lespinasse gab es nur Zuckerwasser zu trinken, aber hier, in der Atmosphäre ihres Salons, ihrer *Botique d' esprit,* in der man ‚ins Unreine' sprach, konnte die Enzyklopädie vorformuliert werden und reifen. Julies Salon ging als ‚*Laboratorium der Enzyklopädisten*' in die Geschichte ein. „Und wenn einer der Intimsten des Kreises sich auf Reisen befand, so nahm er sogar aus der Ferne teil, indem er ausführliche Berichte über interessante Erlebnisse schickte, die dann einer der Anwesenden, oft auch Julie de Lespinasse selbst, vorlas."[1]

Aber so glänzend, wie die meisten Beschreibungen über den Austausch in Julies Salon sind, ging es ihr selber dabei nicht. „Siech an Leib und Seele, rafft sie sich Abend für Abend auf, um ihrem brüderlichen Freund d' Alembert die notwendige, geistige Atmosphäre zu schaffen, so dass er bis zu ihrem Tod nichts von der Seelenfolter ahnt, an der sie zugrunde geht. Ebensowenig ahnen es die *habitués* ihres Salons. Mit seltsamem Heroismus weiß sie trotz aller Schmerzen zu bezaubern, heiter und anregend zu sein, fein und verständnisinnig mit den besten Köpfen der Zeit zu plaudern."[4]

Ihr engster Vertrauter d' Alembert – unehelich wie sie selber – der nach schwerer Krankheit auf ihr Angebot in ihre Wohnung gezogen war und mit ihr zwölf Jahre brüderlich einen gemeinsamen Haushalt führte, übersieht ihre physischen und psychischen Schmerzen. Auch erfuhr er, „der sie jahrzehntelang [heimlich] geliebt hatte, [...] erst nach ihrem Tod vom Geheimnis ihrer glühenden Liebe [...]."[2]

„Er muss eine fabelhafte Menschenunkenntnis besessen haben, der gute d' Alembert, dass er nichts ahnte von der Ursache des gereizten Zustandes, in dem seine Freundin lebte [...] Untröstlich war er [...], als nach ihrem Tode ein Manuskript in seine Hände fiel, das die Wahrheit über Juliens Liebe zu dem Spanier Marquis Mora enthüllte und das dem armen Gelehrten die Gewissheit einer acht Jahre langen Täuschung brachte. Aber seine Naivität ging noch weiter, indem er den Schmerz über diese Entdeckung einem Freunde anvertraute, schlechterdings dem Grafen Guibert, der in der Liebe Moras Nachfolger geworden war."[1]

Ihre beiden Passionen haben Julie letztlich das Leben gekostet. Die erste große Leidenschaft galt dem um zwei Jahre jüngerem Marquis de Mora, einem spanischen Aristokraten, mit dem sie heimlich verlobt war. In den sechs Jahren ihrer intensiven Freundschaft wurde er immer wieder in seine Heimat zurückgerufen, was jedesmal schreckliche Trennungsschmerzen auslöste. Er starb schließlich in Bordeaux an Tuberkulose, als er auf dem Weg zu Julie war. Die war ein Jahr zuvor „dem elf Jahre jüngeren Grafen von Guibert begegnet, dem Verfasser des Essai *Général de tactique*, [...]. Guibert entsprach dem jungen, modischen Mann; er war elegant und geistreich, Liebe galt ihm als etwas Beiläufiges. Für Julie war sie alles. Statt unter Moras Abwesenheit zu leiden, der sie mit glühenden Briefen überhäufte, zerfleischte sie sich im Gram über Guiberts Untreue und machte sich zusätzlich Vorwürfe wegen Mora. [...] Um die seelischen Qualen und Erwartungen zu lindern, griff sie zum Opium; ihre kränkliche Natur nahm daran Schaden."[2]

Aus den Briefen Julies an den Grafen von Guibert: „Sonntag, 20. Juni 1773: Mein Gott, sind Sie tot, oder haben Sie schon vergessen, dass die Erinnerung an Sie bei Leuten, die Sie verlassen haben, lebendig und voller Schmerzen ist? [...] Das Leiden hat meine Seele weich gemacht, und ich gebe nach. Ich habe um fünf Uhr morgens zwei Körner Opium genommen; das hat mir Ruhe verschafft, die besser ist als der Schlaf; mein Schmerz ist weniger reißend; ich fühle mich nicht mehr so niedergeschlagen. […]

Donnerstagabend, 25. August 1774: Seit Ihrer Abreise bin ich verändert und niedergeschlagen, wie wenn ich eine schwere Krankheit durchgemacht hätte. Und in der Tat ist dieses Fieber der Seele, das bis zum Delirium geht, eine grausame Krankheit; kein Körper ist stark genug, um einem solchen Leiden zu widerstehen. […] Liebe und Leid, den Himmel und die Hölle […], das ist's, was ich fühlen möchte, aber nicht dieser gemäßigte Zustand, in dem alle Dummköpfe und Automaten leben, die uns umgeben, ich liebe, um zu leben, und lebe, um zu lieben. […]

Dienstag, um vier Uhr, Mai 1776 (letzter Brief vor ihrem Tod): Mein Freund, ich liebe Sie; das ist ein Mittel, das meinen Schmerz betäubt. Nur an Ihnen liegt es, es in Gift zu verwandeln, und von allen Giften wird dies das schnellste und stärkste sein. Ach ich finde es so hässlich, zu leben, dass ich bereit bin, Ihr Mitleid und Ihren Edelmut anzuflehen, mir diese Hilfe zu gewähren. Es würde eine schmerzhafte Agonie beenden, die bald auf Ihrer Seele lasten wird. Ach, mein Freund, machen Sie, dass ich Ihnen die Ruhe verdanken soll. Bei aller Tugend, seien Sie einmal grausam! Ich vergehe, adieu."[3]

„Die Nachricht über Guiberts bevorstehende Hochzeit verwirrte […] [Julie de Lespinasse] aufs höchste. ,Die Oberfläche des Lebens zerreißt plötzlich, und man blickt in die Tiefe'"[2] „Sie, die in ihrem kleinen Salon die besten Geister der Zeit empfing, demütigte sich schrankenlos vor dem keineswegs bedeutenden kühlen und ehrgeizigen Manne, der nur auf seinen Vorteil ausging und bald eine gute Partie machte. Kurz nach der Heirat starb Julie."[2]

Sie wurde von den Leiden, wahrscheinlich der Schwindsucht und jenen zwei romanhaften Passionen, regelrecht aufgezehrt, so dass der Tod sie schon mit 46 Jahren ereilte. Tragischer Weise liegt in ihrer „exaltierte[r.] Sensibilität, die sich oft an den Grenzen der Wirklichkeit stieß [ihre kulturgeschichtliche Bedeutung. Sie wirkte] bahnbrechend für das neue Lebensgefühl, das in die Romantik mündete."[2]

„Der Bruch zwischen Deffand und Lespinasse bezeichnete nicht nur einen Stilwechsel in der Salonführung. Er markierte zugleich den Übergang in eine neue, geistesgeschichtliche Epoche. Der intime Charakter ihres Salons und ihr einfühlsamer Stil wiesen de Lespinasse als Vertreterin der Empfindsamkeit aus. [...] Julie de Lespinasse war die erste Salonière, die zugleich eine romantische Heldin wurde."[4]

[1] Tornius, Valerian (1925): Salors. Bilder gesellschaftlicher Kultur aus fünf Jahrhunderten, Berlin
[2] Heyden-Rynsch, Verena von de (1992): Europäische Salons. Höhepunkte einer versunkenen weiblichen Kultur, Artemis & Winkler, München
[3] Pechel, Rudolf (Hrsg. 1913): Fokoko. Das galante Zeitalter in Briefen. Memoiren. Tagebüchern, Berlin
[4] Lund, Hannah (2004): „Die ganze Welt auf ihrem Sopha". Frauen in europäischen Salons, Berlin
[5] Borek, Johanna (2000): Denis Diderot rororo Monographie, Reinbek
[6] Boehn, Max von (1921): Rokoko. Frankreich im XVIII. Jahrhundert, Berlin

Antje Eske

IV. Nachwort

Seit 5 Jahrzehnten arbeite ich mit Kurd Alsleben zusammen. Wir sind Konversationskünstler der ersten Stunde und bestrebt – gemeinsam mit einem Netz von Freundinnen und Freunden – herauszufinden, welche Möglichkeiten für die Konversationskunst, in Anlehnung an ihre kunstgeschichtlichen Wurzeln, im Netz und vis-à-vis bestehen. Dabei beziehen wir uns in Motivation und Methode auf das, was schon die Salonièren zwischen Renaissance und Rokoko bewegt hat. Ebenso wie Elisabetta Gonzaga, Cathérine de Rambouillet oder Emilie du Châtelet motiviert uns die Frage: „Wie wäre es denn schön?"

Seit 30 Jahren betätigen wir uns konversationskünstlerisch im Austausch mit Anderen. Anfangs vis-à-vis und im LAN (local area net), seit Anfang der 1990er auch im Internet.

1984 kauften wir Anfang des Jahres unseren ersten MAC (512er).

1999 verbanden wir mit dem internationalen „urbino-chat", von der Sala delle Veglie in Urbino ausgehend, die Netzkunst mit der Kunstgeschichte; u. a. dokumentiert im NetzkunstWörterBuch.[1]

2001 fand im Istituto Italiano di Cultura Hamburg ein *urbino-chat-replay* statt. Wir, A. Eske und K. Alsleben, hatten dort zu vis-à-vis- und Internet-Konversationen geladen. An drei Abenden stellten wir das NetzkunstWörterBuch vor. Es wurde vermittelt, konversiert, Video-Dokumentationen besprochen und experimentiert, woraus, als eine weiterführende Austauschmöglichkeit, der *Bilderchat* entstand.

2001 entwickelten A. Eske, Yvonne Fietz, Tatjana Beer u. a. den Bilderchat, ein Netzaustausch im Medienwechsel Bild/ Schrift, der seit der Zeit 1 x pro Woche regelmäßig über 1 Stunde bis 2011 lief. Die Bilderchats ab Ende 2006 sind unter[c] zu finden.

2004 organisierten wir an der Hochschule für bildende Künste in Hamburg das Symposion „Bedeutungen_konversieren", wo wir mit geladenen Gästen (u. a. Zorah Marie Bauer, Stefan Beck, Sascha Büttner, Yvonne Fietz, Heiko Idensen, Heidi Salaverrìa, Matze Schmidt, Matthias Weiß) Konversationskunst und Konversationsformen diskutiert haben.[2]

2006 tauschten wir uns mit der Philosophin Heidi Salaverrìa 5 Monate lang darüber aus, wie mutuelle Netzkunst und Anerkennung zusammenhängen.[3]

2006/2007 haben wir in der Kunsthalle Bremen über ein Vierteljahr Netzkunstaffairen gehalten und die neuere Geschichte der Konversationskunst dokumentiert.[4]

2008/2009 fanden an unterschiedlichen Orten konversationelle, offiziöse Austausche statt, die wir nach der Muse des Reigentanzes „Terpsichore" genannt haben:

1. Treffen bei Prof. Dr. Matthias Lehnhardt in der Hochschule für bildende Künste Hamburg am 07.12.2008
2. Treffen bei Martin Warnke im Rechenzentrum der Universität Lüneburg am 14.02.2009
3. Treffen mit Michael Kress im Künstlerhaus FRISE in Hamburg-Altona vom 27.02. bis 01.03.2009
4. Treffen bei Sascha Büttner im „7 Sinne" und im „Maldaner", Wiesbaden am 15. und 16.03.2009
5. Treffen bei Stefan Beck im „multi.trudi", Frankfurt am 02.05. und 03.05.2009
6. Treffen bei Prof. Rainer Groh in der Technischen Universität Dresden am 17.06.2009

7. Treffen bei Assunta Verrone und Peter Nickl im Studio Artistico, Hannover am 07.08.2009
8. Treffen bei Julia Bonn im EINSTELLUNGSRAUM e. V., Hamburg am 02.10.2009

Wir tauschten uns u. a. zu Social-Software-Künsten, Mutualität in Netzkunstaffairen, „Wie lebt ihr das Leben im Common Sense?", Ästhetischem Sensus Communis / Sozialitätssinn, sich exponieren (imponieren), Anerkennung / Bonusanerkennung, Interesselosem Wohlgefallen, sich offiziös emanzipieren und Problemhöhe gesamtsensorisch unter Einbeziehung historischer Konversationsspiele aus.[7]

2009 brachte Matthias Weiß, Kunsthistoriker und aktiver Netzkünstler, sein Buch zur Netzkunst heraus. Er unternimmt hier den Versuch, „eine weitreichende Systematik der Netzkunst seit Mitte der 1990er Jahre auf der Basis eines an die Gegenstände angepassten Methodenspektrums zu verfassen."[5]

Einer seiner Oberbegriffe für die Netzkunst ist die Mutuale Netzkunst in deren Zusammenhang er auf unsere (A. Eske, K. Alsleben) Arbeit eingeht.

2010 entstand, angeregt durch die spielerischen Austausche in der Bremer Kunsthalle – die sich auch auf die historischen Konversationsspiele von Renaissance bis Rokoko sowie die spielerischen Austausche der Dadaisten und Surealisten bezogen, das Buch von A. Eske: „Konversationsspiele www und vis-à-vis"[8].

Konversationskunst ist ein multisensorieller, menschlicher Vorgang. Das Social Web gibt Anlass, sie in der Netzkunst zu entfalten, sich dabei auf vorangegangene Erfahrungen wie die Salonkultur stützend. In diesem Sinne machten wir im ZKM, Zentrum für Kunst und Medientechnologie in Karlsruhe, vom 16.10.**2010** bis 30.01.**2011** unter dem Titel *„Konverstionskunst, Conversational Art"* eine austauschende Erkundung, das heißt, spielerisches Beobachten, Berichten und Beratschlagen in Balance von Vernunft und Gefühlen sowie adäquaten Medienformaten im www und vis-à-vis. Es wurden ästhetische Konversationen gehalten im Zusammenhang mit tangierendem Spielen und Berichten. Eine bilanzierende Veröffentlichung von beteiligt gewesenen Interessierten war der Abschluss des Projektes.[9] Der Austausch ist außerdem nachlesbar in der Dokumentation ‚Kunst ohne Publikun'.[10]

A. E.

[1] Alsleben/Eske (Hrsg. 2001): NetzkunstWörterBuch. edition kuecocokue, BoD, Norderstedt
[2] Alsleben/Eske (Hrsg. 2004): Mutualität in Netzkunstaffären. In Kooperation mit dem material-verlag der Hochschule für bildende Künste Hamburg, BoD, Norderstedt
[3] Alsleben, Kurd, Antje Eske, Heidi Salaverría (2006): Die Kunst der Anerkennung. Eine Swiki-Konversation. edition kuecocokue, BoD, Norderstedt
[4] Alsleben, Kurd und Antje Eske (Hrsg. 2008): Siebenundzwanzig Bremer Netzkunst affairen. edition kuecocokue, BoD, Norderstedt
[5] Weiß, Matthias (2009): netzkunst ihre systematisierung und auslegung anhand von einzelbeispielen. VDG, Weimar
[6] http://swiki.hfbk-hamburg.de:8888/Netzkunstaffairen/51
[7] Alsleben, Kurd, A. Eske u. a. (2010): Terpsichore. edition kuecocokue, BoD, Norderstedt
[8] Eske, Antje (2010): Konversationsspiele www und vis-à-vis. edition kuecocokue, BoD, Norderstedt
[9] Alsleben, Kurd, A. Eske, H. Idensen (Hg.): felix aestheticus Konversationskunst im Zentrum für Kunst und Medientechnologie, ZKM Karlsruhe, Kuecocokue, Hamburg/ Books on Demand, Norderstedt, 2011.
[10] Eske, Antje (Hg.): Kunst ohne Publikum 15 Konversationen im Zentrum für Kunst und Medientechnologie, ZKM Karlsruhe, Kuecocokue, Hamburg/Books on Demand, Norderstedt, 2011

Weitere Titel der Edition BODˇ

ISBN 978-3-8448-4166-4, 17,90 €

»Wir Leser haben ein Riesenvergnügen an diesem wunderbar durchgeknallten Irrwitz.«
Vito von Eichborn

ISBN 978-3-8448-5256-1, 24,90 €

»Ich habe dieses Buch mit größtem Vergnügen und ebensolchem Gewinn gelesen.«
Vito von Eichborn

ISBN 978-3-8448-6949-1, 8,90 €

»Mir bleibt nur, dieser Novelle – die gleichzeitig heutigen Zeitgeist einfängt und etwas schön Altmodisches hat – viele Leser zu wünschen.«
Vito von Eichborn

ISBN 978-3-8448-7227-9, 23,90 €

»Ein Buch aus China über China wie kein anderes.«
Vito von Eichborn

Bücher für Entdecker

Mit BoD™ haben Autoren die Möglichkeit, ihr eigenes Buch risikolos zu veröffentlichen. Debütanten, etablierte Autoren und engagierte Verleger nutzen die Publikationsdienstleistung von BoD und bereichern den Buchmarkt mit interessanten und außergewöhnlichen Titeln.

Um herausragende BoD-Titel besonders hervorzuheben, wurde 2006 die Edition BoD ins Leben gerufen. Zudem konnte Vito von Eichborn, einer der innovativsten Buchmacher Deutschlands, als Herausgeber gewonnen werden. Mit seinem Gespür für Trends und neue Schreibtalente sucht er jeden Monat ein außergewöhnlich gutes Buch aus der Vielzahl an BoD-Titeln aus. Dieses muss ihn inhaltlich sowie sprachlich so überzeugen, dass er den Titel für besonders erfolgsversprechend hält.

Stöbern Sie durch die Reihe der Edition BoD unter
www.bod.de/edition-vito-von-eichborn.html

Bibliografische Information der Deutschen Bibliothek:
Die Deutsche Bibliothek verzeichnet diese Publikation
in der Deutschen Nationalbibliografie;
detaillierte Daten sind im Internet über
<http://dnb.ddb.de> abrufbar.

© 2010 Antje Eske

Satz, Umschlaggestaltung, Herstellung und Verlag:
BoD – Books on Demand, Norderstedt

ISBN: 978-3-8448-9272-7